Pour une heure oubliée

DU MÊME AUTEUR

Cette nuit qui m'a donné le jour, Mialet-Barrault Éditeurs, 2022.

Ce qu'il reste d'horizon, Mialet-Barrault Éditeurs, 2023.

FRÉDÉRIC PERROT

Pour une heure oubliée

ROMAN

J'AI LU

Telle est la vie des hommes.
Quelques joies, très vite effacées par d'inoubliables chagrins.
Il n'est pas nécessaire de le dire aux enfants.

Marcel PAGNOL

Il savait que ça allait arriver. C'était inéluctable. Le seul intérêt d'un secret réside dans la possibilité qu'il soit révélé un jour. Quand il pensait à ce moment où la vérité éclaterait, Émile se le figurait comme ces concours de dominos qu'il avait déjà vus à la télévision. Une pièce qui tombe en emportant une autre pièce dans sa chute, inévitablement. Des jaunes, des bleues, des vertes, des rouges. Un drame qui en entraîne un autre, un Domino Day grandeur nature. Il a imaginé ce moment des centaines de fois, des milliers de fois même, mais il avait toujours sous-estimé l'ampleur réelle du séisme qui allait le secouer.

Émile regardait Jeanne en train de lire à l'autre bout de la pièce, et il revoyait se jouer devant lui les derniers mois compliqués qu'ils venaient de traverser. Ces disputes régulières à propos de la routine insidieuse qui s'était installée entre eux et qui l'angoissait tant. Sa volonté farouche de combattre les habitudes, de se croire plus fort qu'elles, jusqu'à parfois frôler le ridicule. Avec un rictus amusé, il se souvint de ce jour où il avait imposé à sa femme d'échanger leurs places dans le lit, le débat sans fond que ça avait engendré. Il se souvint lui avoir crié avec une certaine véhémence qu'il ne voulait pas devenir comme ses grands-parents qu'il avait toujours vus dormir du même côté du lit, s'asseoir chaque jour à la même place autour de la table pour manger le même repas que la veille. Il avait parlé de cette fois où, enfant, il s'était assis sur la chaise de son grand-père lors du dîner et avait refusé de lui céder sa place. Par pure provocation. Il avait osé lui demander, de sa voix enrouée de petit garçon, ce que cela changerait s'il s'asseyait sur la chaise d'à côté. Il revoyait la colère que cela avait provoquée chez son grand-père, les vaisseaux que son insolence avait fait exploser dans ses yeux. C'était sa place parce que c'était sa place depuis quarante ans, un point c'est tout. Le temps avait si bien fait son œuvre qu'il trouvait désormais absurde qu'on puisse lui demander de s'asseoir ailleurs. Parce qu'il l'avait laissée s'infiltrer dans son quotidien, la routine avait effacé jusqu'à sa dernière parcelle de bon sens.

Alors oui, du haut de ses cinquante et un ans, Émile voulait changer régulièrement de place dans le lit pour voir la chambre d'un autre angle, mettre un caillou dans l'engrenage, ne pas se laisser étouffer par l'horrible ronron. Il nourrissait l'espoir secret que ces changements infimes dans leur quotidien allaient relancer le désir fuyant de sa compagne.

Émile se souvint de la discussion houleuse et enivrée qu'il avait eue à ce sujet avec ses deux amis, Paul et Manon. Paul disait qu'il fallait passer ce cap dans un couple, le désir se transformait en tendresse après quelques années, c'était inévitable. Il avait découpé le mot pour appuyer son propos, *i-né-vi-table*. Avec sa femme, Claire, ils s'en étaient sortis la tête haute, plus forts et plus unis qu'avant, disait-il. Émile était excédé par ces propos, il lui avait affirmé que son manque d'ambition en amour allait lui jouer des tours un jour ou l'autre, que ça avait même peut-être déjà commencé. D'ailleurs, Claire était sûrement en train de se faire sauter par un autre à l'heure qu'il était, pour pallier son manque de ferveur, pour le punir d'avoir baissé les bras trop vite, la cinquantaine passée. Ça avait fait rire Paul. Du rire sûr de ceux qui ne le sont pas. Leur discussion avait laissé Manon perplexe, elle n'avait rien dit pendant un long moment et puis elle avait fini par révéler avec une certaine profondeur qu'elle rêvait d'avoir un jour ce genre de problématiques à régler, parce que cela signifierait qu'elle aurait enfin trouvé l'amour.

Émile sortit de ses pensées. Comme on regarde un feu de cheminée, captivé par le mouvement imprévisible des flammes, il observait toujours Jeanne en train de lire à l'autre bout de la pièce. Au passage à la quarantaine, deux nouvelles rides avaient creusé leur sillon sous les yeux de sa femme. Émile ne lui avait pas dit, de peur de la vexer, mais il les adorait en silence.

Une phrase de son père lui revint alors, une phrase qui l'avait jadis laissé perplexe, mais qui prenait aujourd'hui tout son sens. Quand Émile lui avait un jour demandé combien de femmes il avait eues dans sa vie, il avait répondu des milliers. Et sous le regard ébahi d'Émile, alors adolescent, il avait ajouté :

— J'en ai eu des milliers parce que je suis resté avec ta mère pendant des décennies.

Émile avait jugé qu'il s'agissait là d'une façon très habile de botter encore une fois en touche, comme son père en était coutumier. Mais désormais, cette vérité s'imposait de façon éclatante aux yeux d'Émile. Cela faisait un peu plus de six ans qu'il était en couple avec Jeanne, et déjà elle avait été des dizaines de femmes, peut-être même des centaines. Son caractère, ses envies, son corps, son visage, ses cheveux, son sourire, ses peurs, ses peines, tout en elle évoluait heure après heure, jour après jour, comme une mer agitée.

Émile en eut soudain la conviction, si l'existence avait parfois tenté de les déstabiliser, si leur insouciance s'était un peu étiolée malgré eux, il avait profondément aimé chacune des femmes que Jeanne avait été jusqu'alors, des impétueuses aux maladroites, des rêveuses aux angoissées, des malheureuses aux indiscrètes. Et il pouvait affirmer sans ciller qu'il aimerait les suivantes avec autant de vigueur. Il lui tardait même déjà de les rencontrer.

Comme si elle venait de lire dans ses pensées, Jeanne quitta son livre des yeux pour lui lancer un sourire. Mais Émile ne le lui rendit pas, trop absorbé par les questions qui affluaient dans son crâne : quand viendrait la tornade ? Et qu'adviendrait-il alors du relatif équilibre qu'ils avaient fini par trouver au fil des années ? Quand son mensonge serait démasqué, que resterait-il de leur passé, de leur présent, de leur futur ?

Quelle qu'en soit l'issue, Émile aurait au moins une raison de se réjouir : ce jour-là verrait l'avènement de son triomphe contre la routine, car elle se briserait enfin en mille morceaux.

PASSÉ

— Salaud, t'es qu'un salaud, tu m'entends ?

Émile ne disait rien, il attendait que ça passe. Mathilde adorait inverser les rôles, quand elle avait déconné avec un autre, c'est lui qu'elle insultait, ça devait la rassurer. Elle était en train de jeter ses affaires une à une dans un grand sac avec une rage non feinte. Dessous en dentelle, nuisette en satin, porte-jarretelles, Émile vit défiler leurs six mois de relation en quelques secondes. Ce n'était pas anodin de tirer un trait sur autant de lingerie d'un seul coup. Mais il se fit une raison, une rupture engendre forcément quelques désagréments.

À vrai dire, elle pouvait bien partir, elle pouvait bien lui balancer toutes les horreurs qu'elle voulait, ça ne l'atteignait pas. Il n'aimait pas Mathilde. Mathilde c'était justement parce qu'il avait décidé d'arrêter les sentiments quelque temps, pour faire des stocks de larmes pour les grandes occasions. Émile, à trente-deux ans à peine, était un cœur d'artichaut déjà déplumé de toutes ses feuilles. Il s'était retrouvé le cœur à nu, prêt à être dégusté par la première venue.

Il en était persuadé, une pincée de sel et un peu de vinaigrette suffiraient désormais à causer sa perte. Il avait donc décidé de trouver quelques astuces, le temps de se refaire un blindage.

En tirant sur sa cigarette, il regardait Mathilde le quitter avec une passivité désinvolte, comme on regarde un mauvais film à la télévision le dimanche soir.

La seule chose qui lui donnait de l'émoi, c'était ses deux seins ondulant sous l'effet de la colère. N'y tenant plus, il s'est approché d'elle. Négocier un dernier round, c'est un dosage délicat, une recette dangereuse. Il faut savoir peser chaque mot, chaque geste, tout compte. Alors il l'a prise dans ses bras, il l'a serrée contre lui, pas trop non plus, et il lui a murmuré les mensonges qu'elle voulait entendre. Qu'elle comptait beaucoup pour lui, qu'il ne voudrait surtout pas qu'ils restent en mauvais termes, que ça leur laisserait le goût amer de l'échec. Ça a suffi. Elle comprenait. Tellement bien qu'elle était déjà en train de dégrafer les boutons de sa robe. Pas besoin d'en faire des tonnes, elle savait qu'elle partirait à l'aube avec ses sacs et ses dentelles, alors pourquoi se refuserait-elle un dernier plaisir ? Au bout de six mois, un coup de reins en plus ou en moins, ça compte pour du beurre, personne n'irait compter.

Quand elle est partie, le lendemain matin, Émile n'a pu réfréner un élan de mélancolie. Une femme qui vous quitte, ça ne peut pas rien faire du tout, sinon ce serait trop facile. Elle est partie en mettant sa plus belle robe, la bleu ciel, dos nu, et juste avant de claquer la porte, elle lui a jeté un regard joliment maquillé. C'est une évidence, les femmes savent soigner leur départ, s'est-il dit. Et puis il a pensé à autre chose.

Mais au bout de quelques jours, au bout de quelques semaines, le cœur réclame son quota de battements, son quota de peines, son lot de béatitudes. Et même si son camion et ses glaces le comblaient, il pressentait déjà la douleur que lui procurerait le sevrage de sensations. Et côté sensations, une femme, c'était quand même ce qui se faisait de mieux. Émile s'appliquait à ses glaces, en se laissant croire qu'une partie de l'équilibre du monde reposait là-dessus. Chaque fois que quelqu'un apercevait son camion vert et approchait en salivant, ça redonnait un sens à sa journée. Chaque cône était différent, chaque client avait ses exigences, ce n'était jamais pareil. Il fallait chaque fois être à la hauteur, servir une glace aussi belle que sur le présentoir. Et ça n'avait pas toujours été facile, il en avait fallu des heures d'entraînement et de solitude pour pouvoir servir le client sans hésitation, sans le tromper sur la marchandise. Il avait surtout fallu louper son bac, refuser de suivre le sillon tout tracé que ses parents avaient imaginé pour lui. Mais jusqu'ici, il pouvait l'affirmer sans ciller, ce concept de réussite par l'échec – qu'il avait lui-même breveté – fonctionnait à merveille. Son affaire marchait bien, Émile réussissait à vendre des glaces été comme hiver, qu'il vente ou qu'il pleuve, et ce petit miracle suffisait à aiguiser sa fierté. Son camion lui offrait l'illusion non négligeable d'une certaine liberté qui lui permettait d'échapper à un quotidien de bureau. Avec sa licence en poche, il ouvrait quand il voulait, se déplaçait au gré du vent, chaque jour était un nouveau voyage. Il voyait le monde de derrière son comptoir, avec les glaces au premier plan et la mer au second. Il n'aurait cédé sa place pour rien au monde.

Le téléphone rose pâle accroché derrière son comptoir s'est mis à sonner. C'était Manon, qui ne prenait même pas la peine de lui vanter les mérites de la soirée où elle l'invitait, tant elle savait qu'il accepterait sans rechigner. On ne choisit pas dans quelle famille on vient au monde, mais Manon était tombée du bon côté, dans un milieu où l'on ne manquait de rien. Cependant, sans qu'elle réussisse réellement à déterminer pourquoi, elle ne s'était jamais retrouvée dans cette bourgeoisie qui l'avait vue naître. Elle s'était toujours réclamée d'autre part, sans vraiment savoir d'où.

Émile se souvenait encore de la première phrase qu'elle avait prononcée lors de leur rencontre à propos de sa famille. Elle avait dit, avec ce cynisme qui la caractérisait tant :

— Je me sens plus proche de bouseux comme toi que de culs serrés comme eux.

Ils ne se connaissaient que peu à l'époque où elle lui avait asséné cette vérité tranchante, et il était impressionnant avec le recul de voir à quel point ses premiers mots reflétaient la personne qu'elle était. Quelqu'un qui ne se sentait jamais à sa place, quelqu'un qui jugeait tout le monde et donc personne, quelqu'un qui abusait de la provocation pour cacher sa pudeur, et une solitude encombrante.

Les fêtes qu'elle organisait dans ce petit manoir de famille étaient à son image, un mélange étrange de gens de toutes sortes, de tous milieux, une cour des miracles flamboyante et joyeuse, où rien n'était interdit. Et personne ne s'y trompait, tout le monde venait, car il se passait toujours quelque chose dans les soirées de Manon.

Il était vingt-trois heures trente et une quand Émile arriva. Le salon du petit manoir était empli de fumée, le sol couvert de cendres, et les yeux pleins d'espoir. Quand Manon lui fit remarquer qu'il était en retard, Émile regarda sa montre avec l'air surpris de celui qui n'a pas vu l'heure passer.

Émile a tout de suite aperçu cette petite blonde aux bas écrus, un peu à l'écart, qui semblait pester contre quelqu'un. Elle fouettait l'air de ses bras, telle une marionnette en colère.

Un verre de Suze vissé dans la main et un paquet de cigarettes dans la poche arrière gauche de son jeans, Émile était sur des rails, rien ne pouvait lui arriver. Alors il a bu quelques tournées avec Manon, il a raconté quelques banalités à une vieille connaissance, il a tenté de tenir la conversation à une Hongroise un peu vulgaire, tout ça en gardant un œil sur la blonde esseulée. Cela faisait déjà quelques minutes qu'ils échangeaient des regards discrets, mais il ne voulait pas se tromper sur le timing de leur rencontre, il attendait que les aiguilles s'alignent pour aller se mettre à l'écart à ses côtés.

Quand ce fut le cas, il s'approcha et lui tendit une cigarette en restant muet. Il souhaitait faire de cet instant un moment à part, quelque chose de chiadé. Tenter de donner de la grâce à ce genre de soirées, c'était comme ouvrir un sachet de cocaïne avec les épines d'une rose.

Il lui a dit qu'il trouvait dommage de la laisser toute seule au milieu de tout ce monde. Elle a marqué un silence avant de répondre, à croire qu'elle ménageait ses effets, elle aussi, et puis elle a déclaré :

— Vous, vous avez envie de me baiser.

En un sens ce n'était pas faux, mais pourquoi ce monde s'acharnait-il systématiquement à tirer un trait sur la grâce ? N'y avait-il plus aucune place pour la délicatesse ?

Cependant, en se répétant plusieurs fois la phrase, Émile changea subitement d'avis : « Vous, vous avez envie de me baiser. Vous, vous avez envie de me baiser. » À la réécoute, l'alcool aidant, il eut l'impression de vivre quelque chose d'exceptionnel, ça sonnait comme un vers de Valéry, « Vous attendez peut-être un visage sans pleurs. Vous calmes, vous toujours de feuilles et de fleurs ». C'était merveilleux. Elle lui a dit qu'elle s'appelait Louise, il lui a dit qu'il s'appelait Émile. Il y a des banalités qui, selon le contexte, ont plus de relief que d'autres. Elle avait le même âge que lui, la trentaine, mais sur elle ça rendait beaucoup mieux. Sans s'en rendre compte, chaque fois qu'elle parlait, elle marquait des points. Louise, trente ans, qui porte des bas écrus, c'était un décollage immédiat pour Hawaï.

— Et vous ?

— Je suis vendeur de glaces.

— Ah oui ?

— Oui.

— C'est marrant ça, vendeur de glaces, c'est pas commun.

— C'est sûr…

— Vous n'êtes pas bavard.

— Que voulez-vous que je réponde à ça ? C'est pas commun, voilà tout, dit Émile en esquissant un sourire.

— Je ne sais pas, moi, improvisez.

Trois heures du matin, cinq vodkas-orange, une Suze et deux bières, de toute évidence, en lui demandant d'improviser, cette femme s'aventurait sur un terrain délicat. Émile prit ça pour une invitation à lancer le pilotage automatique.

— J'ai une folle envie de vous voir enlever vos bijoux, vos talons hauts et vos airs de ne pas y toucher. Et puis je voudrais que vous arrachiez vos dessous, que vous déposiez vos boucles d'oreilles sur le sol, sans jamais me quitter des yeux. Je veux que vous ayez chaud, que votre mascara coule, qu'on se demande si vous avez pleuré ou si vous avez joui. Et puis surtout, surtout, j'aimerais que vous gardiez vos bas écrus. Tout sauf les bas écrus.

Émile en faisait trop, il avait bien conscience qu'on ne disait pas ces choses-là dans la vie réelle, et pourtant il venait de prononcer chacun de ces mots provocants.

Quitte ou double, la roulette russe. Émile attendait sa sentence, le jackpot ou la gifle. Elle hésitait. On ne vend pas son âme au diable sans réfléchir deux secondes. Et puis elle a fini par lui saisir la main, et elle l'a entraîné, entre les gens, dans une précipitation qui ressemblait plus à du double qu'à du quitte. Ses talons hauts battaient la mesure sur le sol en damier. Le cœur d'Émile, lui, ne battait pas. C'était juste du désir à l'état pur, à l'état sale, un désir qui remettait les sentiments au lendemain. Mais c'était le deal : pas de joie, pas de peine.

Ils arrivèrent dans un salon à l'écart de l'agitation. Là où ils étaient, les bruits lointains de la soirée ne pouvaient plus les atteindre. C'était une pièce aux lourdes tentures de soie et aux lumières tamisées qu'on eût cru inventée pour que cet instant existe. De grandes fenêtres donnaient sur des jardins que l'obscurité avait réduits à néant. Ils étaient seuls au monde, sur un bateau ivre.

Le spectacle de cette femme qui ondulait devant lui comme une danseuse du ventre était un cadeau inespéré. Elle usait d'une dextérité étonnante, une aisance presque professionnelle, à s'en poser des questions. C'est à ce moment qu'Émile aperçut le verre de vodka-Get 27 posé sur la table basse devant lui. Un glaçon luisait encore à la surface, tel un iceberg scintillant à la lumière des bougies. S'il avait su que ce verre causerait sa perte, il ne se serait pas réjoui de la fraîcheur qu'il procurait à sa main. Il ne l'aurait pas bu d'un trait avec autant de candeur. Émile comprendrait bien plus tard que ce minuscule détail allait donner un relief inattendu à son existence tout entière.

Louise, trente ans, bas écrus, toutes ces informations tournaient extrêmement vite dans la tête d'Émile. La seule chose qui ne tournait pas rond, dans cette machine lancée à cent mille, c'était que, sans raison, il pensait à ses glaces. Son petit camion vert, ses dizaines de parfums, même son téléphone rose bonbon lui manquaient soudain profondément. Il comprit très vite à quoi tout cela rimait : il n'avait pas envie de cette femme, voilà tout. Comme si son destin lui tendait une perche, qu'il lui criait de fuir.

Cette femme, il voulait qu'elle l'oublie, il voulait qu'elle le laisse tranquille, qu'elle ne lui demande aucun compte, qu'elle parte sans un mot. Mais Émile sentit qu'il serait quelque peu délicat d'exposer ces arguments dans la situation où il se trouvait. Alors, maladroitement, il a tendu sa main vers elle pour qu'elle garde son chemisier, qu'elle commençait à dégrafer, et il a tenté de se sortir de cette sale passe :

— Louise, je... Je ne vous aime pas.

— Mais...

— Désolé.

— Je vous demande pas de m'aimer, je vous demande de me faire l'amour.

Elle le regardait, interdite, bouche bée, le chemisier à moitié ouvert. L'image de cette femme prête à tout donner, arrêtée en plein élan, affichant désormais une moue boudeuse, avait quelque chose de sublime. Elle avait des allures de muse, Émile était presque fier d'avoir pu la mener à un tel état de grâce. Il s'est assis sur le canapé en velours vert, s'est allumé une cigarette et lui en a tendu une. Elle est venue se blottir contre le revers de sa veste.

— C'est la première fois qu'on me fait un coup pareil, a-t-elle murmuré.

Il a souri. Les fumées de leurs cigarettes s'élevaient doucement dans les airs et s'entremêlaient au-dessus de leurs têtes, comme si leurs deux fantômes s'emparaient de la jouissance qu'ils avaient laissé filer.

Deux âmes en peine, deux cigarettes, une fin de soirée, il fallait parfois si peu pour vivre un moment à part. Émile se sentit happé par une profonde torpeur contre laquelle il ne lutta pas. Il s'est endormi heureux, clope au bec, avec une femme sur son épaule.

PRÉSENT

Émile avait troqué ses glaces contre des voitures. Il attendait les clients derrière le comptoir de sa concession. Pendant ses longues années d'absence, son camion à glaces s'était terni presque autant que lui. À son retour, il n'avait pas trouvé la force de le retaper, et puis il avait fini par admettre que rien ne serait jamais plus comme avant. Il avait fallu faire le deuil de son passé pour construire un présent dans lequel il aurait une chance de survivre.

D'où il se trouvait, Émile pouvait apercevoir le véhicule tout décrépit, sur le parking d'en face. Sans savoir pourquoi, il l'avait garé là, face au comptoir de son commerce de voitures, comme pour ne jamais perdre son passé du regard. Le contempler, c'était se rappeler ses jeunes années avec tout ce qu'elles comportaient de douloureux, c'était affronter cette soirée de juillet 1999 droit dans les yeux.

L'occasion de reprendre cette concession automobile lui était tombée dessus, littéralement. Un morceau de l'enseigne s'était écroulé sur son épaule alors qu'il passait sur le trottoir en rentrant chez lui. Le propriétaire s'était excusé et l'avait immédiatement fait entrer pour appliquer de la glace sur son épaule tuméfiée. L'homme était désespéré, son commerce tombait en ruine, personne ne voulait le reprendre. Émile lui expliqua qu'il revenait de quelques années à l'étranger, qu'il cherchait justement un business dans le coin. Avec ce qu'il venait de lui dire et l'épaule abîmée d'Émile, le propriétaire avait cédé son affaire pour une bouchée de pain.

Trois mois plus tard, Émile était derrière le comptoir, clefs en main. Manon l'avait aidé à repeindre la façade et à réparer l'enseigne. Paul lui avait appris le b.a.-ba « de ce qu'on appelle une voiture », ironisait-il.

— Tu es quand même l'homme le moins qualifié de cette planète en termes de bagnoles, et tu décides de devenir concessionnaire. Tes années au Club Med t'ont cramé la tête ! avait-il lancé.

— La main de Dieu m'a pointé du doigt ! répondit Émile.

Le fait est qu'il s'en était très bien sorti, il avait considérablement augmenté le chiffre d'affaires en quelques mois à peine, imposant le respect de Paul, et provoquant la fierté de Manon. C'est elle qui avait choisi la couleur de l'enseigne, bleu indigo, et elle était persuadée que c'était ce détail qui avait fait décoller les ventes.

— Parce que tout le monde aime le bleu, tout le monde ! lui avait-elle affirmé.

La vérité, c'est qu'Émile avait développé une impressionnante capacité d'adaptation durant ses années d'absence, et qu'il s'en était servi pour sa concession de voitures. Pour masquer ses lacunes, il servait du « C'est invulnérable ces machines », du « Jamais eu un problème avec ce modèle », ou encore « C'est notre best-seller ». Émile le savait, il n'y avait rien de plus efficace qu'une banalité dite avec aplomb pour fourguer n'importe quoi, c'était une technique imparable dont il avait allègrement abusé, plus jeune, derrière le comptoir de son camion à glaces. Émile vendit donc des voitures comme on vend des pains au chocolat.

Son plus grand fait d'armes fut de réussir à vendre deux voitures à un célibataire endurci. Un vieux modèle de Corvette et une Smart quasiment neuve, « pour s'adapter à toutes les situations ! » avait-il argumenté. Grâce à ce coup d'éclat, Émile avait réalisé son chiffre du mois alors que celui-ci était à peine entamé. Il avait alors fermé boutique pendant les trois semaines suivantes, gageant que la pancarte « rupture de stock », mise bien en évidence sur la devanture, créerait une frustration chez ses clients qui lui serait encore plus bénéfique que de laisser ouvert son magasin. Il n'y a pas de désir plus fort que celui suscité par une viennoiserie que l'on scrute avec envie à travers la vitrine fermée d'une boulangerie.

Cela n'avait pas manqué d'alimenter les railleries de Paul et Manon, qui voyaient dans ce sens nouveau des affaires le triomphe irrécusable du capitalisme sur l'adolescent gauchiste qu'Émile avait été. La file d'attente, qui doubla devant son magasin le jour de la réouverture, ne fit que confirmer leurs sarcasmes.

Mais ce qu'Émile voyait surtout dans ce succès, c'était une revanche éclatante sur le désarroi abyssal que ces dernières années avaient fait apparaître dans le regard de ses parents. Il avait repris du galon aux yeux de sa mère, un soupçon de fierté se lisait dans ceux de son père. Et au vu de l'enfer qu'il venait de vivre, Émile savait plus que quiconque qu'il s'agissait d'une denrée précieuse.

Cette semaine-là, cependant, sans qu'il y ait d'explication plausible, Émile n'avait vendu aucune voiture. Le destin semblait préparer le terrain, il aiguisait ses couteaux. Sans se douter de rien, Émile avait passé son temps à fixer son camion à glaces usé par le temps, sur le parking d'en face, comme une prémonition.

PASSÉ

Émile ouvrit péniblement les yeux, il avait la tête lourde comme au sortir d'une anesthésie, quand on se réveille d'un sommeil sans rêve. Il voulut essuyer la sueur qui lui coulait sur le front, mais quelque chose lui entravait les mains dans le dos. S'il n'y avait pas eu ces lumières rouges et bleues qui s'imprimaient au fond de sa rétine, Émile aurait pu croire qu'il s'agissait d'une deuxième naissance.

— Tiens, le v'là qui revient à lui, dit le conducteur.

— La gueule de bois risque d'être sévère ! répondit l'autre homme en ricanant.

Malgré la sirène hurlante qui vrillait ses tympans depuis de nombreuses minutes, c'est seulement à cet instant qu'Émile réalisa qu'il était dans une voiture de police.

Les deux policiers reprirent leur discussion, à propos d'un site de poker en ligne :

— J'ai gagné trois cents balles en deux jours ! T'imagines, ça paye plus que de courir après tous ces connards ! asséna le conducteur en faisant un mouvement de tête vers Émile.

— Ouais enfin, si tu vas par là, autant faire le tapin, ça te rapportera encore plus, surtout avec tes miches !

Les deux hommes explosèrent de rire, et dans ce contexte, ce signe d'allégresse parut irréel aux oreilles d'Émile.

Mais étrangement, il se sentait plutôt bien dans cet état de torpeur dans lequel il se trouvait. Bercé à l'arrière de la voiture, il se remémora ces moments hors du temps où, encore enfant, il se retrouvait délicatement déposé par ses parents sur la banquette arrière, lorsqu'ils rentraient de soirée. Dans un demi-sommeil, il subissait les légères secousses imposées par la route en écoutant leurs voix lointaines et rassurantes qui discutaient à l'avant. L'atmosphère ressemblait en tous points à cette réminiscence de son enfance, à cela près que le rôle de ses parents était endossé par deux policiers aux rires gras. Les doublures ne faisaient pas illusion.

Le cerveau embrumé, Émile réussit à s'interroger sur un point : que lui réservaient les heures à venir ? La réponse ne tarda pas à tomber, lorsque la voiture de police se gara devant un hôpital.

— On va t'examiner et puis te faire un brin de toilette, pour que tu sois tout beau pour ta garde à vue, lança le conducteur.

— Estime-toi heureux, ils n'ont pas tous cette chance ! ajouta l'autre.

Sous haute surveillance, et sans plus de précisions, il fut amené dans une salle aux murs immaculés. Les peintres pouvaient être fiers, les finitions étaient impeccables, se dit Émile, dont l'esprit peinait encore à mesurer l'ampleur de ce qui était en train de lui arriver.

Il fut alors l'objet de toutes les attentions, une poupée de chiffon qu'on manipulait à souhait. On l'examina, on le tripota, on le prit en photo sous toutes les coutures, des ongles de pied jusqu'à la pointe des cheveux. Il y a des situations comme celle-ci où la notion de pudeur n'existe plus. Émile en fit les frais jusque dans la douche, où il dut se laver derrière une glace transparente, sous l'œil blasé d'un policier de garde. Le filet d'eau chaude lui fit un bien incommensurable. Mais en même temps, cela eut pour effet de le faire revenir doucement à lui, comme si chaque goutte atténuait l'anesthésie qu'il avait subie. Si bien que cette douche lui procura une sensation double, comparable à celle qu'on ressent en appuyant avec sa langue sur la gencive à l'endroit où l'on vient de perdre une dent, un mélange confus de plaisir et de douleur. Émile ne le savait pas encore, mais durant les années qui suivraient, son plaisir se résumerait à ces petites choses qui lui feraient oublier, ne serait-ce que pour un bref laps de temps, les affres du quotidien.

— Asseyez-vous, proposa l'homme chargé de son interrogatoire au poste de police.

Émile suivit les instructions sans broncher. Vu son état de fatigue mentale et physique, on aurait pu lui demander de faire le poirier sur une main qu'il l'aurait tenté sans hésiter. Il était un brin de paille dans une tempête.

— Vous avez le droit à un avocat avant de parler, souhaitez-vous en appeler un ?

— Qu'est-ce qu'il se passe ?

— Souhaitez-vous appeler un avocat ? insista le policier.

— Je vais en appeler un, mais on peut discuter avant qu'il arrive. Je n'ai rien à me reprocher…

L'homme tapa cette information sur son ordinateur, et nota l'heure de début d'interrogatoire en regardant sa montre.

Émile était un auditeur assidu d'une émission de radio qui retraçait les grandes affaires criminelles. Il en avait écouté des centaines, il connaissait donc par cœur le déroulement d'une garde à vue. Et vu l'allure que prenait la sienne, les faits semblaient graves. Émile s'interrogeait : comment pouvait-il n'avoir aucun souvenir de ce qui s'était passé ? Même très alcoolisé, il n'avait jamais eu de black-out. Contrairement à certains de ses amis, il n'avait jamais fait de coma éthylique, ne s'était jamais retrouvé dans des états si pitoyables qu'on eût dû le raccompagner ou le porter. Émile aimait l'alcool mais détestait perdre le contrôle, et cela lui permettait toujours de s'arrêter avant de franchir la ligne rouge. Quand il sentait qu'il était sur le point d'être malade, ou qu'il commençait à avoir des difficultés à articuler, il s'arrêtait de boire avant de devenir trop minable. Certes il avait pas mal bu, la nuit dernière, et il avait fait des mélanges, mais à aucun moment il n'avait frôlé ce point de bascule qui le conduisait d'habitude à s'arrêter.

Était-il possible qu'il n'ait pas senti l'alcool monter, jusqu'à se retrouver dans un état d'inconscience ? Cela l'étonnait fortement, d'autant qu'Émile connaissait les vertus dopantes de l'adrénaline. Il avait lu l'histoire d'une mère qui, voyant son enfant sous les roues d'une voiture, avait trouvé la force de soulever le véhicule pour sauver sa progéniture. En admettant qu'il ait simplement bu quelques verres de trop, il se serait réveillé si un drame était survenu, et des images auraient subsisté dans sa mémoire.

Émile pressentait qu'on allait tenter de lui faire avouer quelque chose qu'il n'avait pas commis. Il savait que la froideur du policier qui l'interrogeait trancherait avec la bonhomie de celui qui le relayerait dans quelques heures. La technique du « *good cop, bad cop* » en faisait céder plus d'un.

Mais Émile, malgré son état, se promit de ne pas se laisser faire. Il regarda les aiguilles sur la montre du policier : il ne lui restait plus que vingt-trois heures et cinquante-huit minutes à tenir.

PRÉSENT

En se réveillant le lendemain, Émile tendit machinalement la main pour sentir sa femme à ses côtés dans le lit. Mais elle n'était pas là. C'était inhabituel, il était toujours le premier levé. Toujours. Chaque matin, après avoir pris soin de préparer la table du petit déjeuner, il attendait Jeanne en feuilletant son journal. À côté de son bol de café, il déposait chaque fois une petite attention : un mot doux, une fleur volée chez le voisin, une serviette pliée en forme de cygne ou de bateau. Dans ce simple geste, il y avait toujours une volonté farouche de mettre des bâtons dans les roues de la routine. Cette petite attention, c'était une estocade au foutu train-train. Seulement, au grand désarroi d'Émile, si Jeanne était toujours contente d'apercevoir cette délicatesse au coin de son bol, elle avait fini par s'y accoutumer, avec les années. Ses mots doux étaient devenus des litanies, les fleurs s'étaient muées en banales coquetteries. Voilà que même sur ce terrain, la routine avait repris le dessus. Lentement, insidieusement, telle une vipère qui rampe dans l'ombre. Cependant, Émile ne s'avouait pas vaincu : un matin, il ne déposa aucune fleur, aucun mot doux, rien. La réaction d'étonnement qu'il vit sur le visage de Jeanne quand elle constata cette absence au coin de son bol fut sa plus grande victoire. Que la routine se méfie, Émile avait plus d'un tour dans son sac.

Mais aujourd'hui, quelque chose d'inhabituel se tramait. Émile fut agacé de constater que cela lui inspirait de la crainte. Les habitudes sont décidément la lie du couple, elles se déposent dans chaque journée comme le dépôt d'un mauvais vin. Là, ça sentait carrément la piquette.

Il descendit doucement l'escalier et découvrit Jeanne dans la cuisine, un bol fumant au bout des ongles. La table du petit déjeuner était dressée exactement comme à l'accoutumée : les cuillères, les verres, la tartine de pain grillé, le couteau, le beurre, les carrés de chocolat, tout était parfaitement à sa place. Mais malgré l'évident talent du faussaire, cette toile ne faisait pas illusion. Tel un commissaire-priseur qui, d'un simple coup d'œil, déclare qu'un tableau est une pâle copie, il vit tout de suite le coup de pinceau grossier que lui proposait cette matinée. Jeanne ne lui avait pas dit un mot quand il était entré dans la pièce, et ses traits étaient empreints d'une obscure colère. Si cela ne l'aidait pas à définir précisément ce qui allait advenir, il comprit ce que Jeanne était en train de faire, il la connaissait trop bien : elle préparait le ring, elle soignait sa mise en scène.

Imperceptiblement, elle tendit le menton, et ce geste lui fit apparaître un détail : une enveloppe, posée sur le coin de la table. Il était temps d'enfiler ses gants de boxe et de lancer le combat.

— Bien dormi ? dit-il.

— Oui, répondit-elle.

Il est impressionnant de constater la froideur qui peut jaillir d'un simple mot de trois lettres. Chaque seconde du silence qui suivit dura des jours. Émile avait toujours été fasciné par cette notion d'élasticité du temps. Il avait découvert que, contrairement à ce que l'on pense, il n'y avait rien de plus trompeur que les aiguilles d'une horloge. Car le temps est une matière on ne peut plus malléable qui évolue au gré des humeurs : il passe lentement quand on s'ennuie, il s'accélère quand on vit un bon moment. L'horloge ne devient alors qu'un cadre, un simple repère pour que chacun s'y retrouve, mais surtout pas une indication de temps. Pour évaluer le temps, il aurait fallu inventer une horloge à émotions, qui varie selon qu'on est dans la contemplation ou l'empressement, et dont la cadence fluctuerait si l'on ressent de la colère ou de la joie.

Pendant qu'Émile était en train de remettre en cause l'existence même des horloges, et qu'il se figurait les Montres molles de Salvador Dalí comme parfaite illustration de son propos, les secondes restaient suspendues, et Jeanne demeurait toujours aussi muette. À cet instant, Émile réalisa que l'enveloppe devant sa femme était ouverte, et cette vision relança immédiatement la course folle des aiguilles de l'horloge.

Alors qu'il était encore debout à l'entrée de la pièce, Émile posa la question qu'il aurait préférée ne jamais poser :

— Qu'est-ce qui ne va pas ?

En guise de réponse, Jeanne tourna juste son regard vers la lettre. Il s'approcha sans se précipiter – on ne va pas à l'échafaud en courant – et retira le papier de son enveloppe, le déplia, puis se mit à lire :

Monsieur,

Mon nom est Sandra O'Neill. Je suis journaliste, et j'aimerais soumettre un portrait de vous au journal qui m'emploie. Je me permets de vous écrire cette lettre, comme une bouteille à la mer, pour vous proposer une rencontre. J'espère que vous n'allez pas trouver ma démarche déplacée, mais le caractère singulier de votre histoire m'intéresse beaucoup…

Émile arrêta sa lecture. Ça y est, c'était maintenant, il allait vivre cette scène tant redoutée, tant fantasmée. Un bourdonnement intérieur d'une violence sourde traversa son corps tout entier. Émile eut d'emblée l'impression d'escalader une falaise sous un soleil torride, suspendu dans le vide par le bout des phalanges. Reprendre la lecture, c'était se laisser tomber.

Le Domino Day allait enfin pouvoir commencer, le présentateur avait fini son speech pour rappeler l'enjeu, les caméras aériennes étaient braquées sur les petites pièces en plastique coloré.

Les différentes équipes, stressées face aux milliers de dominos, se tenaient la main sur le bord de la piste, les yeux rivés sur la première pièce du parcours. Le destin approchait doucement son doigt pour la faire tomber, et sa chute allait irrémédiablement entraîner celle des autres.

Étrangement, l'appréhension d'Émile se mêlait à une forme de soulagement. Il s'était préparé à ce que cela arrive, il n'aurait jamais pu vivre une vie entière avec ce poids sur les épaules. Grâce à ces quelques mots posés sur le papier, c'était sa cavale intérieure qui prenait fin :

> *... En tombant sur cet article d'un blog relatant votre procès, j'ai tout de suite été frappée par le contexte si singulier des faits, et le caractère particulier de ce qui vous est arrivé ce jour-là. Si vous en êtes capable, et si vous me le permettez, j'aimerais m'entretenir avec vous sur cette période de l'année 1999 qui a changé le cours de votre vie. L'idée n'est pas de ressasser ce qui s'est passé lors de cette soirée de juillet, mais de comprendre les à-côtés, l'après, la rédemption et la résilience qui en découle.*

La journaliste finissait sa lettre en indiquant son numéro de téléphone. Émile ne releva pas tout de suite les yeux. En faisant mine de lire encore, il gagnait des secondes précieuses, il reprenait son souffle, laissant son cerveau reposer. Tout bon boxeur connaît l'importance de ces instants de recul.

Un genou à terre, Émile finit par sortir de son mutisme. Jeanne le fixait d'un regard acéré, elle guettait chacune de ses expressions avec un calme olympien. Leurs six années de vie commune lui permettaient d'interpréter le sens de chaque palpitation de paupières, de chaque tension des muscles du cou, de chaque plissement de lèvre, de chaque mouvement de corps. Cette proximité qu'ils avaient partagée donnait une dimension suprême à la scène qu'ils étaient en train de vivre. Avant même qu'un mot ne fût prononcé, tout était déjà dit.

Cependant Émile savait que c'était à lui de lancer les hostilités, alors il murmura :

— Je ne sais pas quoi dire.

Émile n'était pas fier de son introduction, dire qu'on ne sait pas quoi dire, c'était la pire des attaques, c'eût été un zéro pointé au baccalauréat. Mais Émile savait que ce qui se jouait était bien plus qu'un examen de passage, c'était son amour tout entier qui était mis en balance, c'était son existence tout entière qui n'était plus soutenue que par un fil.

— Peut-être que tu peux dire la vérité, pour la première fois de ta vie, répondit-elle.

— Je ne t'ai jamais menti, Jeanne.

Encore une fois, Émile sentit qu'il venait de manquer sa cible, car ses mots firent monter la colère dans les yeux de Jeanne, alors il corrigea immédiatement le tir :

— Quand on s'est rencontrés, je me suis dit que c'était une chance de remettre les compteurs à zéro... J'ai voulu tirer un trait sur toutes ces années merdiques.

— Mais de quelles années tu...

Elle ne finit pas sa phrase, sa gorge serrée l'en empêchait, mais trouva malgré tout la force de susurrer :

— Qui es-tu, Émile... ?

La question était vaste, Émile lui-même peinait à y répondre au quotidien. Il lui aurait fallu deux ou trois heures pour pouvoir poser le problème, le disséquer, l'argumenter, comme dans les dissertations qu'il adorait faire, adolescent. Mais de toute évidence il ne lui serait pas accordé autant de temps pour déjouer la crise sans précédent que son couple s'apprêtait à traverser. Il fallait agir tout de suite, répondre maintenant. Avec sincérité, il répondit :

— Je ne sais pas.

Et c'était vrai, plus vrai que jamais. Depuis cette année-là, il lui semblait n'être qu'une réplique de lui-même, un mauvais clone. Il ne vivait plus, il se contentait d'exister. Malgré ce tourment qui grandissait en lui, Émile reprit la parole, c'était le moment ou jamais de parler, le moment ou jamais d'être honnête, qu'importent les dégâts :

— Je n'ai pas travaillé au Club Med pendant les années qui ont précédé notre rencontre... dit-il dans un souffle.

Du coin de l'œil, Émile observait, non sans une certaine admiration, l'aisance avec laquelle sa femme passait d'une émotion à l'autre, de la tristesse à la colère, de l'amour à la haine. Des larmes se mirent à couler le long de la joue de

Jeanne, elles suivirent la courbe de son menton et atterrirent dans son décolleté. La nature était bien faite.

Mais cette scène, Émile la vivait comme on regarde distraitement les gens passer dans la rue, en laissant voguer son esprit. Pas besoin de plus de concentration, il connaissait déjà chaque mot qu'il allait prononcer, il pouvait enfin réciter le texte qu'il déclamait depuis tant d'années dans sa tête. Le trac avait disparu, l'adrénaline lui donnait la force d'affronter son public sans ciller. Et si son public était déjà en pleurs à l'évocation de ses premiers mots, c'était l'assurance d'un spectacle réussi, la promesse d'une *standing ovation*. Alors Émile entama son monologue. Il lui expliqua la prison, tant d'années de souffrance en quelques mots, il ne se connaissait pas un tel esprit de synthèse. Il évita soigneusement de dire à sa femme que Manon et Paul connaissaient son secret, que les années de « Club Med » étaient un code convenu entre eux pour évoquer ses années d'enfermement. Elle s'en serait sentie humiliée, et la situation était déjà assez riche en émotions pour qu'il ajoute celle-ci à la palette.

En racontant sa peine, et la souffrance qu'avaient engendrée ces années d'enfermement, il tentait vainement de repousser l'inévitable question qui finit par tomber :

— Mais qu'est-ce que t'as fait Émile, putain ?! s'insurgea-t-elle.

Elle retint sa respiration en attendant la réponse. Émile tenait son audience, elle était pendue à ses lèvres, au sens propre comme au sens figuré.

— J'ai tué une femme, dit-il simplement.

*

* *

— Il faut lui laisser du temps, elle va revenir, dit Paul, visiblement ébranlé lui aussi.

Émile opinait du chef, même s'il doutait que le fait de se découvrir un mari meurtrier laisse une chance à la situation de s'améliorer.

— Moi si j'étais elle, je ne reviendrais pas... rétorqua Manon.

Émile appréciait autant les vains efforts de Paul pour le rassurer que l'honnêteté provocatrice de Manon. Ils avaient immédiatement répondu présents à son texto, et l'avaient rejoint chez Pépite, le bar qui les avait vus joyeux ou tristes, et souvent ivres, au gré des années. Il y a des lieux comme ceux-là qui en connaissent plus sur vous que votre propre famille.

L'amitié de longue date qu'il entretenait avec Paul et Manon leur avait permis de mesurer le lourd tribut qui se cachait derrière les deux mots du texto qu'Émile leur avait envoyé :

Elle sait

Pas besoin de désigner une heure ou un lieu où ils se réuniraient pour en discuter, tout ça était évident entre eux. L'amitié a cela de reposant qu'on ne perd pas son temps en détails superflus.

Émile était dans un état de fébrilité extrême, saisi de légers tremblements, le regard vide. C'est à peine s'il entendait ses amis lui parler. Perdre Jeanne, c'était perdre trop de choses à la fois.

— Mille vérités engendrent toujours moins de dégâts qu'un seul mensonge, lui répéta Manon.

Sans détour, elle lui expliqua à quel point elle trouvait que c'était mieux ainsi, que son existence serait plus simple à présent. Elle l'encouragea à voir le verre à moitié plein : cette vérité nouvelle faisait disparaître le poids considérable qu'Émile supportait au quotidien sans même s'en rendre compte. D'une manière ou d'autre, il fallait que Jeanne sache, alors autant que ce soit fait au plus vite, comme on arrache un sparadrap d'un coup sec.

Jeanne était partie, il y avait eu des cris, il y avait eu des larmes, il y avait eu des « Je vis aux côtés d'un inconnu depuis près de sept ans ». Une dispute qui ne ressemblait à aucune autre, une pièce unique. Évidemment Jeanne s'était sentie trahie, brisée. L'homme à côté duquel elle vivait, dormait, lisait, riait, mangeait, cet homme-là avait tué une femme. Elle lui avait souvent reproché son côté taciturne, ses silences, ses moments d'absence. Elle lui disait parfois « Allô, la Lune ? », elle l'appelait son astronaute. Aujourd'hui tout prenait un sens nouveau. L'astronaute flottait seul dans la stratosphère, et plus rien n'était beau, pas même les étoiles.

Paul trouva qu'Émile avait eu raison de lui en parler, et il souligna à quel point son courage l'impressionnait. Émile dut lui expliquer que c'était la lettre d'une journaliste qui avait tout précipité. Lui qui avait eu mille fois l'occasion de dire la vérité à sa femme avait été doublé par quelqu'un d'autre. Il se retrouvait dès lors dans le désert, avec sa lâcheté comme seule compagne d'infortune.

Le temps n'avait pas effacé la douleur qui agitait le souvenir vivace de cette soirée de juillet 1999, mais les années avaient fini par quelque peu la camoufler. On n'oublie pas la souffrance, on apprend à vivre avec. Mais la simple lecture de cette lettre avait suffi à faire réapparaître la plaie, plus à vif que jamais, comme une cicatrice qu'on exposerait au soleil avant qu'elle ne se referme.

— Tu vas répondre à cette nana ? s'enquit Paul.

— Non…

Dans la bouche d'Émile, on eût dit un râle.

— Pourtant, ce serait un bon moyen de faire enfin ta psychanalyse ! lança Manon, dans ce mélange délicat d'ironie et de sincérité dont elle avait inventé la recette.

— Mais lâche-le un peu ! fit Paul, agacé.

Il avait toujours ce genre de réflexes protecteurs avec Émile. Ses quelques années de plus aidant, il avait inconsciemment endossé un rôle de grand frère. Manon s'en amusait, et aimait pousser Paul dans ses retranchements en jetant un œil complice à Émile.

— Qui parle, dit Paul, la fille qui est incapable de rester plus de deux mois avec un mec parce qu'elle a trop peur d'affronter une relation sérieuse ?

La remarque ne blessa pas Manon, elle la fit rire, au contraire. Ils adoraient se chamailler, et Manon, en grande prêtresse de la provocation, ne pouvait se plaindre qu'on vienne jouer sur ses plates-bandes. Elle leva les mains en signe de fin de combat :

— Touchée coulée ! La vieille fille est à terre, ne tirez plus.

Paul et Manon en faisaient un peu trop, c'était palpable, ils tentaient d'instiller un semblant de normalité dans cette journée, ils voulaient que leur trio donne à Émile la sensation d'être lové dans un nid, bien au chaud contre les plumes rassurantes de ses amis.

Mais il était ailleurs, dans une dimension plus sombre. La phrase qu'il avait dû dire à sa femme résonnait encore en lui. *J'ai tué une femme. J'ai tué une femme. J'ai tué une femme.* Émile serra le poing le plus fort qu'il pût pour calmer le spasme qui montait en lui, peu importe si cela relançait les tendinites à répétition qu'il avait eues jadis au poignet à force de faire ce geste. L'expérience lui avait appris qu'il valait mieux ça plutôt que des crises de larmes en société.

— N'empêche que si tout ça te secoue un peu trop, je peux te donner le numéro de Stroschlick, mon psy, dit Paul en voyant passer dans les yeux d'Émile cette expression ténébreuse qu'il connaissait tant.

Sous la table, à l'abri des regards, le poing d'Émile restait dur comme une pierre. Voyant qu'il était en train de sombrer doucement dans les profondeurs de ses pensées, comme cela lui arrivait trop souvent, Manon coupa court en levant son verre :

— Trinquons à cette journée de merde ! Il faut fêter les défaites, parce qu'elles sont beaucoup plus fréquentes que les victoires !

L'envolée, résolument optimiste, fit se joindre les verres des trois amis et dessina un pâle sourire sur les lèvres d'Émile.

— Vous saviez qu'à la seconde où on se parle, il y a en moyenne cinquante-cinq millions de personnes ivres sur cette planète ? déclara Paul. L'équivalent de la population de l'Afrique du Sud en ivrognes...

Paul avait le chic pour les informations de ce genre, c'était chaque fois une petite vérité, mais que personne ne connaissait. Elles avaient le pouvoir de vous changer les idées instantanément, dans n'importe quel contexte, un Kinder Surprise pour adultes. Dans son état, Émile en aurait bien consommé des paquets entiers, jusqu'à l'écœurement.

*

* *

Émile mesura très vite ce que l'absence de Jeanne impliquerait dans son quotidien. Il allait devoir dîner face à une chaise vide, affronter chaque silence et leur part d'ombre. Il ne recevrait plus les textos inutiles de Jeanne qui rythmaient ses journées. Les « il fait chaud », les « tu fais quoi ? », les « t'es où » qui l'exaspéraient tant. Il n'allait plus pouvoir lui asséner ses discours éthérés, lui dire avec une ferveur non feinte :

— On est devenu des vieux cons, Jeanne, regarde-nous !

— Parle pour toi, n'oublie jamais que tu as dix ans de plus que moi ! s'indignait-elle avec le sourire.

— J'ai cinquante ans et on a déjà deux petits train-train bien réglés, on dirait deux vieillards. Je pourrais décrire précisément les gestes que tu vas faire chaque matin au réveil, comment tu vas couper la sonnerie du réveil de ton téléphone, de quelle manière tu vas te redresser sur le lit, de quelle façon tu vas t'étirer. Je pourrais tout décrire de nos journées à la seconde près. Il y a six ans on était des punks, aujourd'hui on est des vieux cons de la classe moyenne.

Avec le temps, ces monologues d'Émile avaient fini par attendrir Jeanne. Elle répondait avec malice :

— Je ne vais quand même pas faire semblant de me brosser les dents différemment juste pour te surprendre ! Si ça t'emmerde, rien ne t'empêche de vivre ailleurs… On aurait chacun notre chez soi, on se verrait uniquement pour les bons moments.

Jeanne attendait alors que les yeux d'Émile s'éclairent, qu'il se projette un temps dans cette utopie, et puis elle portait l'estocade avec un plaisir manifeste :

— Ah, par contre, n'oublie pas de quitter ton boulot de concessionnaire, ça ferait tache avec ton nouveau choix de vie. Un conseil également : teins-toi les cheveux en bleu, ça sera moins « classe moyenne ». Et pourquoi tu n'irais pas vivre dans ton ancien camion à glaces, tiens, comme quand t'étais jeune ? Je passerais te voir de temps en temps, enfin quand tu auras pu prendre une douche, évidemment. Là, et seulement là, tu auras l'assurance qu'aucune journée ne se ressemble.

Émile savait qu'il s'agissait de gentilles moqueries, mais ça l'atteignait. Il lui semblait qu'un entre-deux existait, il était persuadé qu'il ne fallait pas forcément se teindre les cheveux ou vivre séparément pour maintenir la flamme dans un couple, et vaincre les habitudes.

Ce jour-là pourtant, seul derrière le comptoir de son commerce de voitures, Émile aurait tout donné pour une dose de routine. Il se souvint alors d'une phrase d'Alphonse Karr qui l'avait toujours bouleversé, et qui faisait plus sens aujourd'hui que jamais : « La première moitié de la vie se passe à désirer la seconde, la seconde à regretter la première. » C'était la chose la plus vraie qu'il eût jamais entendue. Il avait longtemps désiré, et maintenant il n'était plus qu'un amas de regrets.

Machinalement, Émile fouilla dans sa poche, et il en sortit ce bout de papier qu'il avait oublié. Il décrocha son téléphone, composa le numéro :

— Allô ? fit la voix au bout du fil.

— Bonjour Sandra... Je vous contacte suite à votre lettre...

— Ah c'est dingue, je parlais encore de vous il y a cinq minutes à peine ! C'est gentil de me rappeler...

Il y avait dans la voix de cette femme un enthousiasme qui trahissait une certaine admiration, et cela dérangea Émile. Il savait que tous les tueurs avaient leur cour, les parloirs regorgeaient d'admirateurs avides de sensations ou d'amoureux transis. Émile avait trop souvent vu les locaux réservés aux visiteurs devenir des backstages dans lesquels des groupies venaient approcher leur rock-star. Les plus demandés étant évidemment les plus grands tortionnaires, ceux qui avaient été les plus cruels ou les plus violents. Même les violeurs avaient leur succès. Mais ce que lui dit la femme au téléphone le rassura :

— Je ne suis pas une de ces vermines qui veulent du sensationnalisme. L'idée est de faire de vous un portrait sans concessions. J'ai trouvé votre histoire intéressante, je pense que ça pourrait faire un bon papier.

Intéressante. Elle trouvait son histoire intéressante. Le choix du mot irrita Émile, cette sensation d'être un sujet idéal ne le ravit pas, elle le contraria même sérieusement.

Il n'était pas tout à fait sûr de souhaiter cette interview, pourquoi ressasser ce drame si longtemps après ? Pourquoi s'infliger cette douleur trop évidente ?

Malgré tout, Émile pressentit qu'il s'agissait sans doute du meilleur moyen d'en finir avec cette histoire. Il l'évoquerait une bonne fois pour toutes dans le moindre détail, et puis se tairait à jamais. Si bien que, quand quelqu'un voudrait évoquer son passé, il n'aurait qu'à tendre l'article et resterait silencieux. Évidemment, c'était surtout une manière de raconter les faits à Jeanne, il lui devait bien ça. Son mensonge, sous couvert de la protéger, l'avait anéantie.

— Je vous propose de nous rencontrer la semaine prochaine, dit-il, faisant fi de ses tergiversations.

— Indiquez-moi un jour, répondit la journaliste, et je m'organiserai pour être là. Je ferai l'aller-retour depuis Paris dans la journée, ça ne me dérange pas.

Émile fit mine de consulter un agenda :

— On peut se dire… mardi par exemple ?

— Très bien pour moi.

— Je vous envoie l'heure et l'adresse par SMS.

Émile raccrocha et fixa son camion vert sur le parking d'en face. Le soleil aidant, le véhicule semblait avoir retrouvé un certain éclat. Il se leva, traversa la rue et, non sans une certaine solennité, ouvrit la porte rouillée. Cela faisait des années qu'il ne l'avait pas fait. Et tandis qu'une émotion brute le submergeait, les vieux réflexes reprirent le dessus : il lança le moteur, qui démarra avec difficulté, dans un nuage de fumée noire. Il releva la paroi mobile permettant d'ouvrir le coin des glaces, puis appuya sur l'interrupteur. Il s'étonna que les ampoules rose bonbon qui encerclaient le camion fonctionnent encore. Avec une pointe au cœur, il sortit la pancarte sur laquelle figuraient les différentes variétés de glaces et se posta derrière le comptoir, à la place qu'il avait adoré occuper pendant des années. Une nostalgie l'enveloppa doucement. Il lui sembla que tout ceci faisait partie d'une autre vie. Que ce camion était celui d'un autre. Restait-il encore des vestiges de ce garçon débordant de vitalité, qui avait des rêves de grandeur et assez d'énergie pour regonfler les voiles de n'importe qui ? Ce jeune homme qui ne doutait pas une seconde qu'il pouvait conquérir le monde avec ses glaces. Ce jeune homme plein de projets, de fantasmes et d'envies. De toute évidence, de ce jeune homme, il ne subsistait que la façade. Tout à l'intérieur de lui avait été détruit, il était un immeuble en ruine, laissé à l'abandon. Il avait fallu des années pour qu'Émile rebâtisse les fondations, pour tout repeindre, des années pour tenter de remplir la coquille vide qu'il était devenu. Jeanne avait été une bulle d'air inespérée. Elle était arrivée dans son existence au moment idéal, précisément quand Émile aurait pu sombrer, disparaître, voir s'écrouler jusqu'à sa façade fissurée.

Et voilà qu'après tant de temps à ses côtés, elle venait d'apercevoir la moisissure sous la peinture écaillée, voilà qu'elle avait découvert ce qui se cachait sous la cuirasse. Personne n'aurait pu rester en apprenant ça, personne. Pas même un amour solide, pas même un amour inaliénable. Pas même Jeanne.

De là où il était, Émile apercevait le comptoir de sa concession de voitures. La mise en abyme était parfaite, et reflétait avec ironie ce qu'il était en train de vivre : le passé qui, avec une certaine arrogance, faisait désormais face au présent.

PASSÉ

— Je ne me souviens de rien, répétait Émile.

— Vous voulez vraiment que je mette ça dans votre déposition ? Avec toutes les preuves accumulées contre vous, je vous assure que votre avocat va ramer pour plaider le trou de mémoire face à la juge…

— C'est la vérité…

— Si vous voulez qu'on croie à votre vérité, arrangez-vous pour qu'elle colle avec les faits, ironisa le policier.

En réalité, Émile n'avait pas la moindre idée de la vérité. Il s'était endormi avec cette femme sur son épaule et il était tombé dans les limbes, jusqu'à son réveil dans la voiture de police, les sirènes vrillant ses tympans.

— Vous avez beaucoup bu ?

— Oui, dit Émile sans hésiter.

Il n'avait rien à cacher, pourquoi mentirait-il ? Et puis, quoi qu'il arrive, la prise de sang qu'il venait de subir le confirmerait.

Avant la question suivante, le policier marqua une pause, sans autre but que de lui donner plus de relief :

— Avez-vous tendance à être violent quand vous avez bu ?

— Non ! s'insurgea Émile du tac au tac. Est-ce que vous pouvez me dire ce qu'il s'est passé ?

— Je crois que c'est à vous de le faire…

— Mais je vous répète que…

— … Vous ne vous souvenez pas l'avoir fait, je sais, coupa sèchement le policier. Mais la question n'est pas là, la question c'est de savoir pourquoi vous l'avez fait. Laissez-moi vous aider un peu. Lors de la soirée, vous remarquez cette Louise, elle vous plaît. Là, vous décidez de l'entraîner dans la pièce d'à côté et…

— C'est elle qui m'a entraîné dans ce petit salon…

— Ah ben voilà, la mémoire commence à vous revenir, dit l'homme en tapant sur son ordinateur avec une moue agacée.

Sentant que l'interrogatoire commençait à donner quelque chose, il enchaîna les questions :

— Vous ne l'aviez jamais vue avant ?

— Non.

— Comment vous êtes-vous rencontrés ?

— On a échangé une cigarette et on a discuté. Qu'est-ce qui lui est arrivé ?

— Et ensuite ?

— Qu'est-ce qui lui est arrivé !? cria Émile en se levant de sa chaise.

Puis soudain, il comprit l'évidence, elle lui sauta à la figure avec une violence froide.

— Est-ce qu'elle est…

Il avait à peine entamé sa phrase que le policier acquiesçait déjà avec un air accusateur. Émile eut un haut-le-cœur et devint pâle, au point que le flic s'en inquiéta. Sa bouche devint sèche, un voile semblait s'être déposé devant ses yeux. Émile les ferma de toutes ses forces en espérant se réveiller dans son lit. Mais quand il les rouvrit, il était toujours bel et bien là. Son corps entier était saisi de spasmes infimes mais d'une intensité telle qu'ils faisaient trembler la table avec lui. D'une voix détimbrée, presque inaudible, Émile lâcha ce que l'avocat général tenterait plus tard de pointer comme un début d'aveu :

— Quoi que j'aie pu faire, sachez que nous sommes du même côté. Je veux autant que vous en savoir plus sur ce qui s'est passé cette nuit.

PRÉSENT

Émile observait la journaliste qui se trouvait devant lui. S'il ne l'avait pas imaginée ainsi en lui parlant au téléphone, son physique lui semblait désormais cohérent. Ces rondeurs extrêmes lui allaient bien, elles corroboraient le caractère bien trempé de cette femme que rien ne semblait impressionner. En arrivant, elle avait alpagué bruyamment le serveur en lui demandant un tabouret, craignant que son corps ne rentre pas entre les accoudoirs de la chaise. Elle avait formulé cette demande sans aucune gêne, sans aucune fausse pudeur, et cela avait d'emblée plu à Émile.

Elle arborait une apparence un peu négligée qui lui donnait une allure de garçon manqué : un T-shirt délavé, un jean retroussé sur des chaussures en cuir, des cheveux lisses et courts, d'un noir profond, et de petites lunettes perdues dans un visage aux formes très généreuses.

Elle avait tout de suite instauré une atmosphère qui rassura Émile. Sa manière de serrer la main, la façon qu'elle avait de se tenir, et même de parler, tout chez elle imposait une franchise. Elle semblait animée d'une ambition tellement assumée qu'elle lui parut saine : Sandra O'Neill voulait faire un portrait réussi pour le vendre au journal qui l'employait, et elle voulait que cet article fasse référence, ni plus ni moins.

Dès son arrivée, elle lui proposa un planning. Ils se verraient chaque samedi, quatre rendez-vous de deux heures en tout.

— Ça devrait suffire pour aborder les différents aspects de votre histoire.

Le ton presque jovial avec lequel elle venait de s'adresser à lui détonnait vis-à-vis du cauchemar qu'ils allaient évoquer, comme si elle n'en mesurait pas réellement l'ampleur. Sandra avait demandé une bière, cependant elle avait eu la délicatesse d'attendre qu'Émile la précède pour se permettre de commander de l'alcool elle aussi. À peine le verre de Suze fut-il déposé devant lui qu'Émile y trempa un doigt pour faire tournoyer les deux glaçons. Il répétait toujours ce geste machinal. Sans réellement savoir pourquoi, le fait de voir les deux glaçons fondre autour de son doigt lui procurait un plaisir indescriptible, et cela l'apaisait.

— Ça risque de faire un bruit parasite, dit Sandra sans détour en désignant le téléphone posé entre eux deux sur la table, qui enregistrait leur entrevue.

Émile arrêta son mouvement circulaire, un peu agacé. Cette interview le stressait, même s'il s'était convaincu que c'était le meilleur moyen d'expier ses péchés. Sandra serait parfaite dans le rôle du prêtre, et ce bar, avec cette Suze bien fraîche devant lui, ferait un confessionnal idéal. Le voyant perdu dans ses pensées, Sandra le fit violemment redescendre sur terre :

— À la découverte de votre histoire, je me suis posé une question…

Comme elle hésitait, Émile lui fit signe de continuer.

— Vous dites que vous ne vous souvenez pas de votre geste. Est-ce que cela vous a permis de vous reconstruire plus facilement ?

Sans euphémisme, on pourrait même dire sans délicatesse, Sandra rentrait dans le vif du sujet dès les premières minutes de leur rencontre. Mais Émile préférait de loin cette approche directe, elle était paradoxalement moins douloureuse qu'une déférence mièvre.

— C'est peut-être au contraire ce qui a été le plus dur.

— Comment ça ?

— Les gens auront toujours un doute sur le fait que je ne me souvienne pas. Beaucoup de meurtriers feignent l'amnésie pour dévoiler le moins de détails possible. Je me retrouve par défaut dans la même case qu'eux…

— Vous vous sentez différent des autres meurtriers ?

La question était si pertinente qu'Émile hésita longuement avant de répondre.

— Je ne crois pas. J'ai longtemps vécu avec le sentiment qu'il était injuste de me punir pour ce geste, puisque je n'étais pas conscient quand je l'ai commis. Mais le temps m'a aidé à assumer ce que j'ai fait.

— Considérez-vous que la dose d'alcool que vous avez bue ce soir-là, ainsi que les psychotropes que vous avez ingérés avec la victime, ont une responsabilité importante dans votre geste ?

— Ce GHB se trouvait dans un verre que j'ai bu par erreur, je ne l'ai pas ingéré sciemment ! asséna Émile, catégorique, en pointant du doigt le petit carnet sur lequel Sandra prenait des notes, en complément de l'enregistrement audio de son téléphone.

Émile s'étonna de ce sursaut incontrôlé de colère. Il s'en voulut immédiatement. Pourquoi s'emporter, si longtemps après ? C'était absurde et vain.

— Il s'agissait du verre de Louise Bevillon, c'est ça ? demanda Sandra.

— Ça n'a pas été prouvé. Mais tout porte à le croire, étant donné qu'il y avait encore un glaçon non fondu dans le Get 27 quand je l'ai bu.

— Un Get 27, c'est ça ! s'emporta Sandra, en se souvenant de ce détail.

Voyant la consternation qu'affichait Émile, Sandra s'excusa, mais selon les articles qu'elle avait lus sur son procès, cela avait eu son importance lors des audiences. Le Get 27, couvrant plus facilement le goût salé du GHB, avait permis à la défense d'Émile de justifier qu'il ait pu le boire sans se rendre compte de la présence de la drogue.

En effet, Émile se souvenait encore de la provocation de son avocate qui, tendant deux verres de Get 27, avait proposé aux jurés d'en faire le test par eux-mêmes. Ce tour de force avait marqué les esprits, et accrédité cette thèse sans que personne n'ait eu à goûter.

Émile était pensif. Jusqu'où pourrait-il se confier, dans ce portrait ? Jusqu'où permettrait-il qu'on retranscrive ce qui se passait dans sa tête ? Pourrait-il avouer les pensées les plus sombres qui le traversaient encore quotidiennement, jusqu'aux plus inavouables ? Serait-il capable un jour de confier à cette journaliste, prenant le risque que cette phrase devienne le titre accrocheur de l'article, qu'il se désolait parfois de ne pas se souvenir du meurtre ? Son petit diable intérieur arguant que, quitte à avoir fait des années de prison, il aurait au moins aimé se souvenir de ce que procure la sensation d'ôter une vie.

PASSÉ

La patience du policier commençait à atteindre ses limites. Il s'agaçait facilement face aux réponses d'Émile, et semblait plus accablé encore que lui par les heures d'interrogatoire qu'ils avaient maintenant derrière eux. Le ton plus menaçant qu'adoptait le fonctionnaire, ses phrases plus virulentes, son regard plus noir aussi, donnèrent au moins à Émile la satisfaction d'avoir anticipé le coup du « *good cop, bad cop* ». Il s'amusa de voir un collègue entrer dans la pièce quelques minutes plus tard pour retenir le premier policier, en apparence sur le point d'exploser. La mascarade était finement menée, quelques effets de lumière auraient suffi pour qu'Émile se croie au théâtre. Mais le souvenir de cette femme le maintenait de force dans la réalité crue de cette matinée d'été. Ceci n'était pas de la fiction, et toute ressemblance avec des personnes ayant existé était loin d'être fortuite. Il entendait encore sa voix, il pouvait sentir son parfum, il pourrait décrire avec précision la sensation que la main de cette femme avait provoquée en se posant sur son torse, il revoyait distinctement les formes que la fumée des cigarettes qu'ils avaient partagées en silence avait dessinées dans les airs. Ce silence lui paraissait désormais étourdissant, au vu de ce qu'il venait d'apprendre.

— Excusez-le, dit le nouveau fonctionnaire, qui s'installa devant lui.

L'homme avait les traits reposés, une fine moustache rassurante surlignait sa lèvre supérieure. Il avait une voix posée, un ton très calme. Il émanait de chacun de ses gestes une douceur extrême et enveloppante. Même si c'était feint, et que de toute évidence ça participait de leur petit jeu, cela eut l'effet escompté sur Émile. Il se détendit immédiatement.

— Les esprits qui s'échauffent, c'est jamais bon pour un interrogatoire, compléta-t-il avec une certaine connivence, en versant un café fumant dans la tasse qu'il avait déposée devant Émile.

Le ton presque amical qu'il avait employé fascina Émile tant il était criant de vérité. Dans un autre contexte, il aurait pu devenir ami avec cet homme. Quelques heures à peine auparavant, il aurait pu plaisanter avec ce type sympathique devant le buffet que Manon avait disposé dans la salle à manger du manoir. Mais dans un même mouvement, en liant presque sa phrase à la précédente, le moustachu ajouta :

— Mais bon, je comprends mon collègue, quand l'évidence est aussi écrasante, voir la personne qu'on interroge nier peut vite devenir irritant.

Joignant le geste à la parole, le policier plaça devant lui des photos de la victime. Malgré l'horreur, Émile ne put détourner les yeux des images. On y voyait une scène terrifiante : Émile était assis sur le canapé, inconscient. À ses pieds, un corps gisait sur le sol, une flaque de sang s'étalant jusqu'aux quatre coins des clichés. Ces photos lui donnèrent la nausée, il ne put réprimer un râle d'effroi. Voyant qu'Émile était atteint, le policier continua, sans se départir de son flegme :

— Les lambeaux de peau qu'on a trouvés sous les ongles de la victime sont en cours d'analyse, mais on ne devrait pas tarder à confirmer qu'ils correspondent à cette griffure sur votre flanc gauche.

Émile souleva son T-shirt et découvrit la griffure qui, maintenant qu'il remarquait sa présence, se mit à le picoter. Le policier parut satisfait de son effet. Il fallait que cet interrogatoire avance, et il venait de lui insuffler un rythme indéniable, une dimension nouvelle. Plus concrète, plus crue, plus réelle. Sentant que le vent était en train de tourner, que son ciel assombri tournait à l'orage, Émile prononça la seule phrase qui avait le pouvoir de lui laisser un peu de répit, celle qui lui permettrait de reprendre son souffle pendant quelques heures :

— Je ne souhaite plus parler avant l'arrivée de mon avocat.

— Pas de problème, je comprends, lui répondit le fonctionnaire, on va vous remettre en cellule en attendant. Mais finissez tranquillement votre café.

L'homme regarda sa montre et nota l'heure de fin d'interrogatoire avec un rictus compatissant.

Ce matin-là, dans sa cellule, Émile prit conscience que rien ne serait plus jamais comme avant. D'un geste malheureux et imprévu, comme on fait tomber un verre de vin par mégarde sur une table lors d'un dîner, il venait de faire basculer sa vie.

PRÉSENT

Émile était allongé sur le canapé de son salon, son téléphone portable à la main. Il s'apprêtait à envoyer un texto à Jeanne mais resta immobile, il fixait le défilé des nuages à travers le Velux au-dessus de lui, en massant machinalement la cicatrice imposante qui lacérait sa tempe depuis ses années de prison. Les formes que son esprit esquissait dans le ciel ne présageaient rien de bon. Émile détourna le regard, mais les lignes qui se dessinaient dans les fissures du mur ou dans les veines du parquet n'avaient rien de plus positif. Émile était cerné par ses démons, et ils semblaient tout faire pour le contraindre à ne pas envoyer ce texto. Peut-être fallait-il leur donner raison, aucun mot ne serait assez juste pour convaincre Jeanne de revenir. Émile savait que rien ne pourrait plus effacer son passé, désormais. Il avait mis des années à se résigner à son propre geste, combien de temps faudrait-il à Jeanne pour l'accepter à son tour ?

Après un temps indéfini à végéter dans cette brume, il finit par taper un simple « Je t'aime ». Un texto qui n'appelait aucune réponse, pour tenter d'en obtenir une, Émile jugea que c'était la meilleure chose à faire. Ne pas lui forcer la main, laisser à Jeanne le soin d'avancer son pion en premier, afin de pouvoir adapter son comportement au sien.

Mais la réponse ne vint pas. Ni les heures qui suivirent, ni les jours qui suivirent. Chaque fois que son téléphone vibrait dans sa poche, les battements de cœur d'Émile s'accéléraient soudainement, cependant la déception l'emportait toujours. Les pubs, les relances de banque, même les textos de Manon ou de Paul plantaient chaque fois un pieu dans sa poitrine, le faisant s'arrêter net.

Dans un couple, en cas de rupture, la connaissance de l'autre est une arme de destruction massive. On sait exactement comment manier son conjoint, combien de temps il est nécessaire de le faire attendre, comment le faire languir. On sait précisément quel mécanisme activer pour appuyer là où ça fait mal. On sait comment maintenir l'autre sous son joug.

Émile et Jeanne avaient décidé de ne pas être « amis » sur Facebook et de se mettre en privé sur Instagram. C'était une idée d'Émile, évidemment, mais que Jeanne avait tout de suite acceptée. Pour entretenir un jardin privé, un mystère. Toujours cette obsession de maintenir la flamme en créant des petites parcelles d'inconnu, de trouble, de doute. Émile avait même remarqué le rouge que la jalousie pouvait créer parfois sur les joues de Jeanne et, tel un alchimiste, il l'instillait à dose homéopathique dans leur quotidien.

Bien sûr, Émile ne se gênait pas pour visiter les profils Facebook ou Instagram de Jeanne en s'emparant du téléphone de Paul qui y avait accès, bafouant ainsi tous les principes qu'il avait lui-même mis en place. Chaque fois, en faisant défiler la page de Jeanne, il scrutait le moindre signe qui pouvait mettre en péril son couple : le like d'un ex, le commentaire d'un inconnu qui semblait trop la connaître. Cette petite palpitation – il la ressentait chaque fois qu'il s'adonnait à ce manège – faisait jaillir une étincelle dans son ventre, pareille à celle créée par la friction entre la molette d'acier et la pierre d'un briquet. Émile savait que Jeanne faisait pareil, Manon le lui avait dit. Ce petit jeu qu'il avait instauré entre eux lui plaisait bien. Sa dernière victoire datait d'il y a deux mois à peine, quand Jeanne lui avait fait une scène de ménage en lui demandant qui était cette fille à la photo de profil aguicheuse qui commentait toutes ses publications. Il avait alors eu la preuve formelle, le temps d'un instant fugace, que le courant passait toujours entre eux. La vacuité des réseaux sociaux avait au moins eu cet intérêt.

Mais cette fois, Émile avait beau se servir du téléphone de Paul pour épier les agissements de Jeanne, rien n'avait bougé. Pas une publication, pas un like, pas un geste numérique qu'il aurait pu interpréter, depuis qu'elle était partie de la maison. À son absence physique, Jeanne ajoutait une absence virtuelle. La société moderne lui offrait cette possibilité supplémentaire pour asseoir son emprise, et elle s'en servait au détriment d'Émile avec une adresse qui l'agaçait autant qu'elle l'impressionnait. Cependant, il comprenait Jeanne. À sa place, il se serait quitté aussi.

Au bout de huit jours, sept heures et trente-huit minutes, elle finit par lui répondre. Timing parfait, elle relançait l'étincelle exactement au moment où Émile commençait à se résigner. Elle maniait beaucoup mieux que lui le coup du briquet amoureux, c'était indéniable. Il était minuit passé, Émile tendit son bras mollement et se raidit en découvrant le prénom de Jeanne affiché sur son téléphone. Elle avait réussi à électriser son corps tout entier en une seconde, mettre ses doigts dans une prise eût été moins efficace. Le pouce d'Émile débloqua l'écran du portable :

Tu dors ?

Deux mots qui claquèrent dans l'air, projetant autant de mystère que d'angoisse sur le plafond de la chambre d'Émile. À retardement, le coup avait fonctionné. Son « Je t'aime » avait fait écho pendant plus d'une semaine avant d'enfin lui amener une réponse. Oubliant toutes les règles de patience qui lui auraient permis de reprendre la main dans ce bras de fer amoureux, il tapa en hâte :

Non...

Le dialogue était instauré, la partie d'échecs pouvait commencer. Elle était la Dame, il était le Roi. Le sol en damier sous leurs pieds comme autant de possibilités d'avenir.

J'arrive

Échec et mat. La partie était à peine entamée que Jeanne venait déjà de coucher son Roi en un seul mouvement de pion. Un coup aussi puissant qu'imprévu : elle arrivait. Elle était partie en colère, elle s'était tue pendant huit jours, et maintenant elle débarquait. Émile n'en revenait pas.

Tel un adolescent, il courut à la salle de bains. Devant le miroir, il ajusta ses cheveux, pas trop non plus. Il enfila une tenue plus décente que le caleçon fripé qu'il portait pour dormir. Pas de parfum, cela aurait exposé son exaltation de façon trop évidente. Émile avait seize ans et il attendait sa future conquête. Il s'inquiétait déjà de savoir s'ils allaient avoir des choses à se dire, il angoissait à l'idée de ne pas trouver les bonnes formules, les bons gestes. Cela faisait près de sept ans que Jeanne et Émile étaient en couple, et voilà que le destin embrasait la torpeur qui s'était installée entre eux. Sans même s'en rendre compte, Émile venait de poser la main sur le Saint Graal. Il attendait sa femme comme au premier jour, et avant cela même, au temps où il considérait Jeanne comme un fantasme, un objet de convoitise si désiré qu'on eût même pu dire qu'elle lui inspirait de la cupidité.

La sonnette retentit et Émile bondit. Elle avait les clefs, mais ne les fit pas tourner dans la serrure. Jusqu'au bout, Jeanne tirait les ficelles avec une adresse désarmante. Émile l'observa dans l'œilleton avant d'ouvrir. Sa silhouette, même déformée, combla immédiatement un vide.

Il ouvrit la porte sur une Jeanne moins vaillante qu'il ne l'avait imaginée, plus troublée, plus belle aussi. Un seul regard suffit à Émile pour déceler l'ivresse de sa femme. Rien qu'en observant ses deux pupilles, il pouvait compter le nombre de verres qu'elle avait bus. De toute évidence, cet enivrement avait joué en sa faveur pour qu'elle se retrouve sur son palier à cette heure avancée de la nuit.

— Tu me laisses entrer ? finit-elle par murmurer après un temps qu'Émile ne réussit pas à définir, tant il était ébranlé.

— Oui, pardon… Viens.

Jeanne pénétra dans le salon et observa la pièce comme si c'était la première fois qu'elle y entrait. D'emblée, elle sembla chercher des réponses à ses questions jusque dans les plis du rideau. Mais sous la table basse autant que derrière les coussins du canapé, il n'y avait rien d'autre que cette vérité crue qu'Émile lui avait révélée quelques jours auparavant.

Jeanne ne pouvait s'abstenir de chercher en Émile les vestiges de celui qu'il avait été avant leur rencontre. Elle guettait la ride de l'assassin, le regard du tueur. Elle traquait le geste qui trahirait ses années de prison, l'expression qui livrerait le meurtrier.

Sans un mot, Émile lui servit un verre de vin blanc sec, avec un glaçon, pas plus. C'est ainsi qu'elle aimait le boire. Il ne manqua pas le sourire que cela dessina au coin des lèvres de Jeanne, et cela eut autant d'effet sur lui que si elle avait agité un drapeau blanc en signe de cessez-le-feu.

Jeanne se détendit, et ils réussirent l'exploit de n'aborder aucun sujet important sans pour autant échanger de banalités. Deux funambules au milieu d'une nuit sans lune, dont chaque mot pouvait remettre en question l'équilibre de leur soirée, et peut-être même de leurs existences tout entières.

Et puis d'un coup, sans qu'elle l'eût prévu, sans qu'elle l'eût réfréné non plus, Jeanne fut saisie d'un désir fulgurant qui sembla la surprendre elle-même. Une lave frémissante, incontrôlable, se mit à lui brûler les entrailles. Profitant d'un silence qui avait empli jusqu'au moindre recoin de la pièce, elle s'approcha d'Émile. Une lionne face à sa proie. Dans un mouvement de main parfaitement maîtrisé, elle dégrafa les boutons de sa robe, délivrant sa poitrine perlée de chair de poule au visage d'Émile.

Les deux adolescents, désormais moins fébriles, étaient en train de briser le tabou, ils avaient bravé la peur, et leur première fois était plus intense encore que tout ce qu'ils avaient projeté. Chaque geste était improvisé et pourtant il y avait en eux une assurance, il sembla que leurs mains, leurs pieds, leurs cuisses, leurs corps tout entiers avaient été forgés pour cet ébat. Comme s'ils s'étaient connus dans une autre vie, le temps de répéter cette chorégraphie.

Émile comprit rapidement ce qui était en train de se jouer, et cette pensée l'extirpa de son euphorie. Jeanne était là pour tenter de comprendre, elle venait fouiller jusqu'au plus profond de sa chair pour déterminer s'il était capable d'un tel geste, pour savoir si elle pourrait lui refaire confiance un jour. Elle voulait voir le Monstre de près, elle voulait chevaucher la Bête. Ce volcan qui brûlait en elle trouvait son foyer directement en enfer, et elle voulait étreindre le Diable pour mieux le jauger. Les yeux de Jeanne étaient brûlants, on aurait pu confondre son plaisir avec de la colère. Le temps de quelques minutes, elle pactisait avec le Mal pour l'exorciser.

Il y avait une autre option, plus douce et plus apaisante : peut-être était-elle seulement en manque de lui. Un désir innocent, primal, celui d'une femme qui avait partagé près de sept ans avec un homme qu'elle aimait, et qui s'était retrouvée loin de lui d'une seconde à l'autre, sans avoir pu s'y préparer.

Émile détestait cette manie qu'avait son cerveau de l'extraire des situations en faisant tourner mille questions dans sa tête, comme une nuée de moucherons au soleil. Il regarda Jeanne s'agiter sur lui, elle semblait lui dicter un précepte auquel Émile se décida enfin à adhérer : la meilleure solution pour annuler la sensation de vertige, c'est de sauter dans le vide.

PASSÉ

Entre les quatre murs de sa cellule, Émile avait attendu son procès pendant près d'un an. Aucune des demandes de remise en liberté formulées par son avocate n'avait été acceptée par la juge. Cette période fut la plus destructrice pour Émile. Il était en ébullition permanente, du lait qu'on oublie chaque jour sur le feu. Il bataillait avec les autres, mais aussi et surtout avec lui-même, pour prouver qu'il n'aurait jamais été capable d'un pareil acte. Même ivre. Même drogué. Il s'époumonait pour hurler son innocence, jusqu'à s'en briser les cordes vocales, et ce même devant le regard désespéré de ses parents qui, malgré l'amour sans faille qu'ils lui portaient, semblaient avoir classé l'affaire avant même que la justice l'eût fait. Chaque semaine il remplissait le parloir de larmes, jusqu'à se noyer, face à un Paul ou une Manon désemparés de l'autre côté de la vitre.

Avec le temps, Émile s'était rendu compte qu'on finit alors par envisager son procès comme un jour de délivrance. Une délivrance illusoire, incertaine et dévastatrice, tant elle ferait ressurgir les souffrances de chacun, mais une délivrance quand même. Quel que soit le verdict, les faits allaient pouvoir être posés sur la table.

Avant le procès, Émile s'était promis de faire appel s'il était jugé coupable. Il avait souvent pesté, en écoutant jadis son émission de radio favorite sur les plus grands faits divers criminels, contre les meurtriers qui imposaient un second procès aux familles des victimes. Cependant maintenant qu'il était passé de l'autre côté du miroir, maintenant que c'était lui le salaud, il comptait plus que tout sur la justice pour l'innocenter. Mais un élément extérieur, aussi inattendu que douloureux, avait remis en question ses certitudes. Un élément extérieur avec de longs cheveux blonds bouclés et des yeux d'un bleu éblouissant. Un élément extérieur âgé de trois ans, et qui s'appelait Nicole Bevillon. La fille de Louise.

Émile avait découvert son existence pendant sa détention provisoire, et cela l'avait condamné avant l'heure. Louise avait une fille. En lui ôtant la vie, Émile avait ôté une mère à son enfant. Depuis cette nuit de juillet 1999, il semblait que le destin s'obstinait à alourdir chaque jour un peu plus le geste qu'il avait eu pendant cette heure d'absence. Soixante minutes de néant, trois mille six cents secondes de rien. De tout. Une heure oubliée pour une vie de souffrance.

Les audiences préliminaires avaient révélé que Louise s'occupait mal de Nicole. Elle était une mauvaise mère, une mère qui délaissait sa fille, la reniait presque. L'avocate d'Émile avait prévu de longuement insister sur ce point durant le procès. Pas pour légitimer le geste d'Émile, mais pour instiller inconsciemment dans l'esprit des jurés un portrait moins flatteur de la victime.

Cette ligne de défense, aussi futée soit-elle, n'entamait en rien la culpabilité qui étouffait Émile depuis qu'il avait appris l'existence de cette petite fille. Bonne ou mauvaise, une mère restait une mère.

Lors du premier jour de procès, plus que d'affronter son geste, Émile était fébrile à l'idée de découvrir le visage de cette petite fille qu'on lui avait décrite. Chaque nuit au cours de l'année écoulée, il s'était réveillé en sueur, sorti du sommeil par les pleurs de cette enfant, par son regard plein d'incompréhension et de colère.

Mais lorsque la petite fille entra dans la salle d'audience des assises, la réalité fut bien pire encore que ce qu'il avait pu imaginer : l'enfant lui sourit. Trop jeune pour comprendre ce qui allait se jouer dans cette grande salle aux murs lambrissés, elle le fixait de ses grands yeux bleus et lui adressait des sourires, sans savoir qu'il était le meurtrier de sa mère. Émile était resté tétanisé, il n'avait pas réussi à soutenir son regard. Même dans le pire de ses cauchemars, il n'avait pas envisagé ce scénario, la gaieté de la petite fille le détruisait plus encore que sa tristesse ou sa rage.

Ce sentiment paradoxal dépassait de loin la souffrance qu'Émile ressentit lorsqu'il dut affronter le regard d'Étienne, le mari de Louise.

Un mari qui, en plus de perdre sa femme, avait découvert qu'elle le trompait au moment de sa mort. Et ce double drame semblait avoir à jamais ôté toute émotion du visage d'Étienne. Il assista aux premiers jours du procès avec toujours le même faciès absent, et un regard que rien ne semblait accrocher.

Émile avait eu la satisfaction, si tant est qu'on pût appeler ainsi ce sentiment, d'apprendre que Louise n'avait plus ses parents. Ils avaient tous les deux péri dans un accident de voiture quelques années plus tôt. Au moins, la tragédie de la mort de leur fille leur avait été épargnée. Son année en cellule lui avait appris à concevoir la vie de façon beaucoup plus brute, avec un cynisme vital à sa survie.

PRÉSENT

Quand Émile revint travailler, ce lundi-là, une femme l'attendait devant la vitrine encore fermée de son commerce. Il la reconnut tout de suite, les clients capables d'acheter une voiture en cinq minutes chrono étaient assez rares pour qu'il s'en souvienne. Elle avait pointé du doigt un modèle gris métallisé en demandant le prix, puis avait sorti son chéquier presque dans la foulée. Une minute à peine plus tard, elle était postée derrière le volant de sa voiture, la mine réjouie. Émile en était resté bouche bée en la voyant sortir de son parking. La vie était tellement plus facile vue sous cet angle.

Mais aujourd'hui, elle semblait s'être levée sous un soleil beaucoup moins clément. Émile la salua avec entrain, tenta une blague sur le temps. Elle ne desserra pas les mâchoires. Pas même pour lui rendre son bonjour.

— Entrez, je vous en prie, dit-il en l'invitant d'un geste à le suivre dans son bureau.

Ils auraient très bien pu avoir cette discussion au comptoir, mais vu l'expression fermée de son interlocutrice, il sut tout de suite qu'il faudrait lui faire le coup du « bureau du chef ». Le client mécontent aime avoir l'impression d'être pris en considération. Elle devait avoir eu un problème avec son véhicule et venait faire une réclamation, il fallait donc la traiter en reine. Or celle-ci refusa de le suivre.

— Un problème ? Avec ce modèle, c'est rare que...

— Je n'ai aucun problème avec la voiture. J'aimerais juste la rendre, lui lança-t-elle.

— Pardonnez-moi, mais je ne suis pas sûr de comprendre.

— Je souhaite la rendre, c'est tout.

— Ce n'est pas possible, vous avez signé un contrat de vente, et...

— J'ai quinze jours pour me rétracter.

— Il faut au moins un motif valable pour une telle opération !

— J'en ai un. Je ne souhaite pas vous donner mon argent.

— Mais enfin... pourquoi ?

— J'ai pour principe de ne pas donner mon argent à un tueur de femme.

La phrase claqua dans l'air et fit siffler les tympans d'Émile. Il n'avait pas vu venir ce coup-là. Émile ne sut quoi répondre, il regardait la jeune femme, hébété. C'était la première fois qu'on le rejetait ainsi depuis sa sortie de prison, cela faisait près de sept ans que son mensonge l'avait préservé de ce genre de réactions. Et voilà que, subitement, les digues avaient rompu, et la rumeur s'était insinuée dans la ville comme une pieuvre affamée. Émile se demandait comment l'information était arrivée jusqu'à cette cliente. La seule explication plausible qu'il entrevoyait, c'était que Jeanne en avait parlé à sa sœur, en lui faisant sûrement jurer de ne pas le répéter. Sa sœur, en lui faisant à son tour jurer de ne pas en parler, avait alors dû en parler à une amie, qui en avait parlé à une amie, qui en avait parlé à une amie. La rumeur se répand aussi vite qu'un feu de forêt, chaque flamme se démultipliant au contact d'un nouvel arbre, créant très vite un brasier incontrôlable.

La valse des dominos continuait son œuvre, et venait au passage de déclencher la chute d'une larme sur la joue d'Émile. Il avait été pris par surprise et n'avait pas eu le temps de serrer le poing pour réfréner cette tristesse qui montait en lui.

Il avait l'impression d'être jugé une deuxième fois. La juge se tenait face à lui, le regardant droit dans les yeux sans s'émouvoir. Elle voulait son remboursement, un point c'est tout.

— Vous avez la chance d'être encore là pour pleurer, vous ! ajouta-t-elle sèchement.

Elle avait raison. Terriblement raison. En un sens, cela résumait même assez parfaitement les dix-neuf dernières années qu'Émile venait de vivre.

PASSÉ

Émile comprenait désormais cette sensation de sortie de corps dont il avait déjà entendu parler à la télévision. Auparavant, il avait toujours accueilli cette théorie avec le rictus un peu supérieur du cartésien chevronné. Dorénavant, il pouvait non seulement affirmer que c'était possible, mais également qu'il n'était pas nécessaire d'en passer par la méditation ou la mort imminente pour vivre cette expérience mystique : assister à son propre procès pouvait procurer le même effet.

Émile se regardait agir, il s'écoutait parler, il pouvait même se balader dans la pièce, écouter les confidences de Manon à son voisin, les réactions des inconnus venus assister à son procès public, distinguer la mine déconfite mais baignée d'amour de ses parents. Et il pouvait voir de près le regard bleu perçant de la petite Nicole Bevillon, ses boucles blondes, les sourires incessants qu'elle continuait de lui adresser, malgré les remontrances de son père, Étienne. Tout au long du procès, Émile n'était presque jamais resté dans son corps, il naviguait dans la salle d'audience, regardant le spectacle de son perchoir mobile. Ce n'était pas une sensation agréable, il en avait la nausée, mais il fut impossible d'empêcher son âme d'errer.

Son avocate s'est battue pour obtenir une autre vérité que celle avancée par les policiers. Elle a tout tenté pour que les souvenirs d'Émile reviennent : elle a fait se déplacer plusieurs psychiatres, des experts de la mémoire sont intervenus, même un hypnotiseur a tenté sa chance. Mais rien ni personne n'a réussi à percer le mystère de cette heure oubliée. Les débats pendant le procès n'ont pas non plus permis d'expliquer son geste ni de lui trouver un alibi. Alors, face aux preuves accablantes de la culpabilité d'Émile, le travail de l'avocate s'est limité à une seule mission : réduire la sentence certaine qui l'attendait.

L'avocat de la partie civile a essayé de dresser un portrait machiavélique d'Émile. Il a même osé cette métaphore douteuse du couteau et de la fourchette :

— Un couteau, plaida-t-il, aussi aiguisé et pointu soit-il, est beaucoup plus rassurant s'il est posé à côté d'une fourchette, parce qu'il devient plus familier dans ce contexte, moins menaçant. Mais le couteau n'en reste pas moins dangereux, il n'en reste pas moins capable de tuer.

L'avocat tentait de transformer Émile, dans la tête des jurés, en ce couteau tranchant qui, dans son quotidien familier et rassurant, ne semblait pas menaçant. Ce couteau qu'on n'aurait pu soupçonner, et qui était pourtant capable du pire. Il a également tenté d'insinuer un rapport complexe d'Émile avec les femmes, allant même jusqu'à faire témoigner Mathilde, la fille avec qui Émile avait eu une relation quelques mois avant le drame, et qui l'avait quitté avec perte et fracas sous d'obscurs motifs.

La méthode de la partie civile était limpide : il tentait de faire d'Émile un être complexe, aux rapports ambigus et conflictuels avec sa mère. Un être solitaire, sombre, mutique parfois, avec un sérieux penchant pour l'alcool. Mais si la théorie du couteau a marqué les esprits, les jurés n'ont pas suivi ce portrait très noir qu'il avait dressé d'Émile, tant il ne reposait sur aucun autre fondement que l'intuition subjective.

L'avocate d'Émile a, au contraire, réussi à imposer l'idée que rien dans son passé ne laissait présager son geste ou aurait pu justifier une préméditation. À longueur d'audiences, elle a réussi à convaincre les jurés que ce geste n'aurait pas eu lieu sans l'absorption non désirée de GHB par son client. La grande quantité d'alcool avait joué un rôle bien sûr, mais si elle n'avait pas été associée à la substance psychotrope, le drame ne se serait pas produit. Le geste criminel était dû à une hallucination, un délire induit par le produit absorbé. À coups d'experts appelés à la barre, l'avocate a sans cesse ressassé l'idée, jusqu'à ce qu'elle devienne une certitude pour chacun, que la drogue était seule responsable de cette catastrophe. Les spécialistes l'ont confirmé, ses effets sont imprévisibles, ils dépendent à la fois de la dose et de la susceptibilité particulière de la personne qui en prend, ils peuvent survenir lors de la consommation de la drogue mais aussi plus tard, parce que le psychotrope est stocké dans les tissus graisseux et peut être relargué brutalement lors d'un effort physique ou mental.

L'avocate d'Émile fit bondir la partie adverse quand, lors de son plaidoyer final, elle osa affirmer qu'il s'agissait d'un terrible coup du sort, qui aurait pu arriver à chacune des personnes présentes dans la salle.

— Chaque jour, dans nos rêves, dans nos cauchemars, nous tuons. Chacun de nous dans cette audience commet l'irréparable une fois endormi. Mais vous êtes-vous déjà senti coupable au réveil ? Pensez-vous que ces rêves que nous faisons, aussi odieux soient-ils, méritent la perpétuité ? C'est bien de cela que nous parlons aujourd'hui, mesdames et messieurs les jurés. D'un homme qui a ingéré du GHB sans le vouloir et qui a commis l'irréparable alors qu'il n'était plus lui-même. Doit-on le juger ? La réponse est oui. Mais je crois qu'au vu du contexte si particulier de ce crime, nous devons faire preuve d'une certaine clémence.

À voir les épaules basses et la posture accablée de l'avocat de la partie civile, Émile – ou plutôt son double virevoltant – avait dès lors la certitude que la circonstance atténuante serait retenue. De combien cela diminuerait-il sa peine ? Quelle sentence pour un crime aussi absurde ? Il fallut attendre la dernière minute, de la dernière heure, du dernier jour de cet enfer pour que la réponse fasse régner un silence de cathédrale dans la salle d'audience. Chacun retenait sa respiration.

Émile se remémora tous ces documentaires qu'il avait aimé suivre, retraçant le déroulé de certains procès. Il se rappelait à quel point, chaque fois, l'annonce de la sentence l'avait captivé. C'était le seul moment où un être pouvait annoncer avec certitude à un autre être de quoi serait faite son existence pour les années à suivre. Émile se souvenait d'avoir scruté le visage des accusés, et cela l'avait chaque fois bouleversé, de voir celui-ci s'écrouler, celui-là se mettre à hurler. Il se souvint enfin de l'abîme dans lequel l'avaient plongé ceux qui ne réagissaient pas. Que se passait-il dans leur tête ? Que cachaient ces figures froides et mutiques ?

À présent, c'était son propre visage qu'Émile observait, c'était à son tour de recevoir la sentence. C'est pendant ce laps de temps infime avant l'annonce de sa peine qu'Émile contracta son poing pour la première fois, pour éviter que les larmes ne coulent. Il le serra si fort qu'il se planta les ongles dans la paume, jusqu'au sang. Et ce fut un succès : quand le juge prit la parole, il ne pleura pas. Il resta immobile, silencieux, saisi du même mutisme que ceux qu'il avait scrutés sur son écran sans comprendre leur réaction.

Son avocate se tourna vers lui avec un grand sourire de victoire. Elle écarta les bras pour l'embrasser comme si elle venait de gagner au Loto. Dans son monde, treize années c'était un succès inespéré. Pas question de faire appel, dans ces conditions.

Émile ne l'écoutait pas, son attention était aimantée par ses parents, au fond de la salle. Sa mère était en larmes, son père la consolait. C'était peut-être le pire qu'un enfant puisse faire endurer à ses parents, après la mort.

— Avec les remises de peine, et l'année déjà encourue, vous pouvez espérer sortir dans dix ou onze ans ! s'exclama son avocate d'un ton enjoué.

Voyant qu'Émile ne réagissait pas, elle continua :

— Vous encouriez la réclusion à perpétuité !

Indubitablement, l'arithmétique jouait à son avantage, mais pouvait-on pour autant dire qu'il avait gagné ? Si c'était le cas, pensa Émile, il venait d'empocher le plus triste des billets gagnants.

PRÉSENT

Ce matin-là, Émile avait rendez-vous avec Sandra O'Neill chez Pépite. Elle avait proposé de rester dormir dans la région pour le week-end afin de pouvoir organiser deux entrevues. En effet, sept jours plus tôt, Émile n'avait pas été en état d'affronter les questions de Sandra, tant l'absence de Jeanne l'avait ébranlé.

Sur la route, Émile passa devant sa concession automobile. Simple réflexe, pour vérifier le courrier. Un réflexe qui, avec le recul de ce qu'il venait d'y découvrir, était plus de l'ordre du pressentiment. Si la boîte aux lettres était vide, Émile tomba des nues en découvrant sa vitrine. Il l'observa, estomaqué. Le tag qui y figurait le plongea dans un abîme profond. Il en avait lâché son sac à dos sur le sol, comme pour se délester un peu du poids qui faisait chavirer dangereusement la montgolfière dans son ventre.

La phrase qui s'y trouvait l'avait projeté avec violence des années en arrière. Ces quelques lettres inscrites à la bombe de peinture étaient la plus efficace des machines à remonter le temps.

Il se retrouvait subitement à cette époque où tous les regards s'étaient braqués sur lui. Émile scrutait chaque lettre, tentant de reconnaître l'écriture de quelqu'un qu'il connaissait.

Il était déjà en retard pour son rendez-vous avec Sandra, et cependant il prit le temps d'effacer le tag de la vitrine. Depuis combien de temps était-il exposé sur son magasin à la vue de tous ? À la curiosité des passants, à la sournoiserie des voisins, à la soif de rumeur de cette ville de campagne normande ? Il l'effaça avec hargne, mais cela ne diminua pas les dégâts qu'il avait déjà causés dans son for intérieur. Il ne voulait plus revivre les messes basses, cette époque où chaque passant était devenu juge, où chaque recoin de la ville s'était transformé en salle de procès. Il avait eu sa dose.

Cependant, avant de faire disparaître le tag, il avait pris soin de le prendre en photo. À croire que, malgré tout, une part de lui ne voulait pas l'oublier.

Il trouva Sandra devant une bière fraîche encore non entamée. Émile remarqua que, cette fois, elle n'avait pas eu la politesse d'attendre qu'il commande pour se permettre de prendre de l'alcool. Mais Émile se ravisa en découvrant qu'un verre de Suze, avec deux glaçons, était déjà sur la table. Sandra savait y faire.

— Désolé pour le retard, j'ai eu un petit contretemps, déclara-t-il.

— Rien de grave ?

— Je ne crois pas, je ne sais pas encore...

— Ah mince, qu'est-ce qu'il s'est passé ? dit-elle.

Émile hésita avant d'approfondir, il voyait mal l'utilité de partager cette information avec une journaliste et, en même temps, ce mot inscrit sur sa vitrine était directement lié au sujet qu'ils abordaient ensemble lors de ces rencontres. Il fut soudain saisi d'un doute envahissant : et si c'était Sandra qui avait inscrit ce tag sur sa vitrine ? Si elle avait usé de ce stratagème pour nourrir son interview, pour lui donner une direction plus sensationnaliste ? On met toujours un peu de sel ou de poivre pour relever le plat qu'on s'apprête à déguster… Après tout, le tag était apparu le jour de leur rendez-vous.

Émile observa les mains de Sandra, le bout de ses ongles rongés plus précisément, il scruta la chemise à motifs dont elle était aujourd'hui affublée, afin de vérifier si quelques projections de peinture ne s'y trouvaient pas. Sandra sembla lire dans ses pensées :

— Pardon si je suis un peu curieuse… Déformation professionnelle ! dit-elle en souriant. Ça ne me regarde pas.

— Vous êtes arrivée à quelle heure ? demanda Émile.

— Pardon ?

— Vous êtes arrivée dans la région à quelle heure ? répéta-t-il, d'un ton plus sec qu'il ne l'aurait souhaité.

— Il… Il y a une demi-heure, et je suis venue directement ici. Qu'est-ce que vous essayez de me dire ?

Émile était un chat aux aguets, tapi dans l'herbe, les pupilles dilatées par la peur, il étudiait chaque élément alentour pour décider quand bondir. Le poil hérissé dans son dos finit par doucement revenir à l'horizontale.

— Pardon, ce tag sur ma vitrine m'a quelque peu tendu…

Émile avait adopté un comportement plus calme pour donner l'impression de baisser les armes, technique de chat, mais il restait tout autant à l'affût. Il avait considéré que donner cette information à Sandra lui permettrait d'étudier sa réaction, et que cela serait tout aussi instructif que son silence.

— Un tag ? Mais… qui disait quoi ?

L'étonnement de Sandra parut sincère, pour autant il ne relâcha pas son attention. Devant le faciès tendu d'Émile, Sandra comprit :

— Vous pensez que c'est moi qui ai tagué votre vitrine ?!

— Pourquoi pas…

— Mais… je vous jure que vous vous trompez ! Pourquoi j'aurais fait ça ?

Comme Émile restait muet, Sandra s'emporta :

— Venez fouiller ma voiture si vous ne me croyez pas !

En lui tendant son sac, elle protesta :

— Videz mon sac !

Sandra était en ébullition, elle accusait le coup, Émile l'avait prise à revers.

— Vous avez une carte du journal qui vous emploie ? Quelqu'un que je pourrais joindre ? grogna Émile.

— Bien sûr !

Sandra fouilla compulsivement dans son sac et lui tendit avec détermination une carte de visite sur laquelle figuraient le nom et le numéro du journal. Ce qui avait dans un premier temps jailli comme de l'étonnement sur le visage de Sandra se transformait à présent en vexation. Émile vit même s'ébaucher les rides que la colère dessine sur la figure de quelqu'un qui clame son innocence, semblables à celles qui s'étaient tant creusées sur la sienne autrefois.

— Vous me prenez pour une de ces pourritures de vermines qui…

La gorge de Sandra se serra, la rancœur empêchant les mots de sortir.

— Vous savez quoi, allez vous faire voir, dit-elle en remballant ses affaires.

Elle essaya vainement de se lever, quand Émile l'arrêta d'un geste.

— Pardonnez-moi, fit-il, toujours pour voir ce que cela provoquerait chez son interlocutrice.

— S'il n'y a pas un minimum de confiance entre nous, autant qu'on arrête tout maintenant.

Le temps de quelques bouffées de cigarette électronique, Émile fut tenté par la proposition de Sandra. Mais ce qu'il lisait sur les traits de cette femme ne semblait pas simulé, et il fut rassuré à l'idée qu'il pourrait appeler son employeur dès la fin de cette entrevue.

— Il dit quoi de si terrible, ce tag ?

Émile sortit son téléphone, fit défiler les photos jusqu'à le faire apparaître. Sandra zooma et plissa les yeux pour déchiffrer le mot qui avait été maladroitement écrit sur la vitrine : *Meurtrier*.

— Cet inconnu vous veut peut-être du bien, finit par dire Sandra. Rien dans ce tag ne laisse présumer une quelconque agressivité ou volonté de vous nuire.

— C'est vrai qu'après tout « meurtrier » a quelque chose de sympathique, ironisa Émile.

— Il y a un point d'interrogation après le mot. Là, regardez, répondit Sandra en zoomant un peu plus encore sur la photo.

Émile en fut stupéfait. Ce qu'il avait pris pour un simple gribouillis final était un point d'interrogation, cela lui apparaissait de façon flagrante désormais. Émile avait appréhendé ce tag à travers son prisme personnel et intime, un filtre de dix-neuf ans de culpabilité. De prime abord, il avait appréhendé ce mot comme une agression, une volonté de l'atteindre, de l'affaiblir, de l'humilier sur la place publique. Il avait pris ça pour une flamme de plus provenant du brasier de la rumeur. Mais le recul de Sandra l'aidait à voir les choses sous un autre angle, plus ambigu, donc sûrement plus réaliste.

— C'est une question, pas une affirmation. Quelqu'un semble remettre votre culpabilité en doute, c'est plutôt positif.

Pour autant, Émile ne fut pas soulagé par cette découverte, bien au contraire. Mieux que quiconque, il savait dans quelle voie ce simple point d'interrogation l'invitait. Mieux que quiconque, il savait à quel point les doutes étaient parfois plus dévastateurs encore que les certitudes.

Émile et Sandra ont écourté leur rendez-vous, l'ambiance électrique qu'avait instillée le début de leur échange les avait empêchés d'avancer sereinement. Ils décidèrent de se voir plus longuement le lendemain, quand l'eau trouble aurait suffisamment reposé.

Cela faisait un petit détour mais Émile ne put réprimer cette force qui le poussa à repasser devant son magasin sur la route du retour. Tout à l'heure, l'émotion l'avait empêché d'analyser calmement les lieux. Y avait-il un élément témoignant du passage de quelqu'un ? Un objet oublié qui donnerait des informations sur l'identité du messager ? Des empreintes sur la vitrine qui auraient pu justifier d'une plainte à la police ?

À l'évocation de cette dernière éventualité, Émile se trouva ridicule. Il n'était pas dans une série américaine. Pour un simple tag, il n'y aurait pas d'hommes en blouse blanche qui viendraient relever les empreintes pour les comparer au fichier national. Il ne pouvait même pas porter plainte pour si peu, et déposer une main courante aurait été inutile.

Le ciel s'obscurcit et une bruine vint mettre une touche finale à la nature morte que formait son magasin ce jour-là. Les fines gouttes, presque invisibles, donnaient à Émile l'impression qu'il regardait la scène à travers une feuille de papier calque. C'est à ce moment qu'il aperçut des traces de semelles dans la terre devant la vitrine. Il s'approcha, le cœur battant, espérant y déchiffrer un nouveau message. Il observa longuement les empreintes, comme si les lignes imprimées dans le sol étaient un dialecte qu'il saurait déchiffrer. Quand l'idée lui vint de les prendre en photo, à toutes fins utiles, la bruine se mua en une averse malicieuse qui transforma aussitôt les traces en gadoue illisible. Au nez et à la barbe d'Émile, le ciel venait de tout effacer, réduisant à néant ses espoirs de décryptage.

Il se réfugia sous un arbre, sur le trottoir d'en face. En glissant une main dans sa poche, il tomba sur la carte de Sandra, où figurait le numéro du journal qui l'employait. Émile sortit son téléphone et, se méfiant du ciel taquin de cette journée-là, il se hâta de composer le numéro avant que le ciel réduise son portable en cendres. À la deuxième sonnerie, le regard d'Émile s'arrêta sur un détail qu'il n'avait pas remarqué jusqu'alors et qui, c'était une certitude, allait encore donner du fil à retordre à son cœur.

Émile raccrocha et avança vers la boîte aux lettres, d'où dépassait un bout de papier cartonné rouge. Il ouvrit le petit réceptacle et découvrit un dossier contenant une liasse de photocopies enfoncée à l'intérieur.

Quand Émile était passé, plus tôt dans la journée, sa boîte aux lettres était vide. L'individu était donc revenu pendant qu'il était avec Sandra. La pluie battante l'empêchant de le feuilleter, il enfourna le dossier sous sa veste. Le ciel était décidément résolu à faire durer son malin plaisir. Cependant, Émile avait eu le temps d'apercevoir le titre figurant sur la pochette :

RAPPORT D'ENQUÊTE – Affaire Émile Verdon.

Et au stylo, en dessous, il était inscrit d'un trait tremblant, semblable à l'écriture d'un enfant :

Trouvez qui est J

La personne qui avait tagué sa vitrine lui envoyait un nouveau message. Peut-être l'avait-il surprise en passant à l'improviste devant son magasin ce matin-là, la contraignant à attendre qu'il reparte pour finir le travail en déposant ce dossier dans la boîte aux lettres. L'idée que quelqu'un ait pu l'observer à son insu, tapi dans un coin pendant qu'il nettoyait sa vitrine, le fit frissonner.

Il réalisa par la même occasion que le timing des événements innocentait Sandra : ce n'était pas elle qui avait tagué, puisque ça ne pouvait pas être elle qui avait posté ce dossier. Ils étaient ensemble à cette heure-là. Quelqu'un d'autre tentait de lui dire quelque chose. Cette formule à deux inconnues ressemblait à celles qu'Émile détestait déchiffrer quand il était étudiant.

Malgré la pluie, Émile ne courut pas pour rentrer chez lui, il donnait même l'impression de flâner sous les torrents d'eau. Les passants qu'il croisa sous leur parapluie le dévisagèrent avec étonnement, le considérant comme un marginal ou un vagabond. Il faut parfois peu de choses pour s'extraire du troupeau. Émile avait lu un jour dans un magazine que deux scientifiques avaient prouvé qu'on était autant mouillé en courant sous la pluie qu'en marchant. Le fait de courir ne diminuait pas le volume de l'eau reçue, il ne faisait qu'en accélérer la cadence. Le nombre de gouttes atteignant un sujet en mouvement était donc exactement le même qu'on marche ou qu'on coure. Fort de cette information, et pour rendre hommage au travail acharné mais totalement inutile de ces deux scientifiques, Émile n'avait plus jamais couru sous la pluie à partir de ce jour, qu'importent les regards ahuris qu'on lui lançait. Plus que ça, il avait appris à adorer la pluie. Les gens partaient en courant et il était enfin tranquille, aussi seul qu'en son for intérieur.

Émile n'était pas spécialement pressé de plonger de nouveau dans le passé. Mais de toute évidence, on l'y obligeait, quelqu'un le prenait par la main pour le forcer à monter sur le plongeoir. Et une fois qu'il aurait fait l'effort de grimper les échelons, une fois les orteils dans le vide, Émile savait qu'il ne reculerait pas. Il sauterait dans l'eau boueuse, quelle qu'en soit l'issue.

PASSÉ

Les mois, se muant en années, ne suffirent pas à Émile pour s'accoutumer à la division extrême qu'on avait imposée à son espace vital. Lui qui détestait les tunnels, lui qui étouffait dans le métro, lui qui abhorrait les ascenseurs, lui qui s'asseyait toujours face aux fenêtres dans les restaurants, cherchant sans cesse l'air et la lumière, devait se contenter d'un vasistas aux vitres opaques, qu'on ne pouvait qu'entrouvrir. Émile était un papillon bloqué dans un verre, et dont les ailes s'effritaient à mesure qu'il se heurtait aux parois transparentes de son cachot.

Il n'aurait pas survécu longtemps si Paul ne l'avait accompagné comme il le fit pendant ces treize années, avec une assiduité exemplaire. Il avait été présent à chaque parloir, deux fois par semaine. Un parloir qu'on aurait dû rebaptiser déversoir, tant Émile avait évacué ses angoisses et ses douleurs à l'oreille toujours attentive de Paul. Avec le temps, ces deux rendez-vous hebdomadaires lui étaient devenus essentiels, ils avaient redonné un sens aux minutes, aux heures, aux jours, aux semaines, au temps tout entier. En lui donnant un calendrier à tenir, Paul lui avait offert un cadre, un repère, une exigence de vivre. Chaque fois, et c'était presque vital pour Émile, il venait avec ses « Kinder pour adultes » :

— Tu savais que le diamètre du Soleil diminue d'un mètre chaque heure ? lui disait-il par exemple. Quand on y pense, ça fait vingt-quatre mètres de diamètre en moins par jour !

Paul sortait alors son téléphone, lançait l'application calculatrice, et après avoir pianoté sur son clavier, concluait :

— Quand on ramène à l'année, ça veut dire que le Soleil perd plus de huit mille mètres de diamètre par an.

Émile était soufflé, chaque fois il découvrait ces informations avec les yeux écarquillés d'un enfant. Quand Paul percevait une détresse dans l'expression d'Émile, plutôt que de lui demander des explications qui le replongeraient dans une souffrance inutile, il lui délivrait un nouveau Kinder. Chacune de ces informations dispensables était une bulle d'air inestimable dans la situation d'Émile. Elle lui faisait oublier l'horloge dalinienne qui s'était mise à défiler avec une extrême lenteur depuis que sa culpabilité avait été validée par la cour d'assises.

C'est pendant ces années qu'Émile apprit que Sopalin était l'abréviation de Société du papier linge. Paul porta également à sa connaissance que l'éléphant était le seul mammifère sur cette planète à avoir quatre genoux, ou que la pieuvre avait trois cœurs. Et depuis son incarcération, Émile pouvait désormais affirmer qu'un humain passe en moyenne six mois de sa vie à attendre que le feu rouge passe au vert. Grâce à Paul, en sortant de prison, Émile pourrait briller en société.

Manon avait été tout le contraire : elle n'était pas assidue au parloir. Mais il sentait à chacune de ses venues un indéfectible soutien. Les piqûres immorales et provocatrices qu'elle lui administrait chaque fois qu'elle venait étaient pratiquement les seules choses à le faire rire, dans l'univers cloîtré où il évoluait.

— T'aurais pu faire ça ailleurs que dans le petit salon, t'as salopé ma moquette, disait-elle.

Émile, outré dans son parloir, était alors saisi de fous rires incontrôlables, tout en jetant des regards inquiets au gardien qui se trouvait dans l'arrière-salle, espérant qu'il n'entendait pas les horreurs que débitait Manon.

— Tu rigoles mais le sang c'est pire que la cire de bougie, c'est une tannée à retirer, j'ai eu vachement de mal. La prochaine fois, j'interdis les femmes et les bougies dans mes soirées, on ne sera plus emmerdés, comme ça !

Parce que cela touchait à ce qui faisait le plus profondément souffrir Émile, et parce que son être tout entier voulait lui interdire de franchir ce tabou, il ne pouvait se retenir de rire face à ces envolées indécentes dont seule Manon avait le secret.

— Tu l'as même pas sautée, en plus ! Franchement, si au moins t'avais trempé ton biscuit… dit-elle une fois.

Secrètement, il voyait dans les provocations outrancières de Manon un aveu rassurant : si elle se permettait ces badinages, c'est qu'au fond d'elle, elle niait la responsabilité d'Émile dans ce drame. Et que quelqu'un puisse perpétuer cette chimère à sa place, maintenant qu'il en avait fait le deuil, avait quelque chose d'infiniment réconfortant. Pas une fois il n'avait aperçu le doute dans le regard de Paul et Manon. Ils avaient confiance en lui, parfois plus qu'Émile lui-même.

Voir leurs visages derrière la vitre du parloir lui donnait l'impression de continuer à vivre, par procuration. À travers ce que ses amis lui racontaient, il entrevoyait des parcelles de ce qui se passait au-dehors, des preuves accablantes que, plus que jamais, la planète continuait à tourner sans lui. Un simple détail faisait surgir le monde extérieur : quelques effluves d'alcool émanant de Manon suffisaient à ébaucher, mieux encore que par des mots, les fêtes mémorables qu'elle continuait à organiser dans son manoir. Un bandage autour de la main de Paul, à la suite d'un accident de jardinage, et subitement c'était un jardin grandiose qui fleurissait dans l'esprit d'Émile, composé de plantes aux couleurs éclatantes, de rosiers rougeoyants, de tulipes multicolores. Une mine fatiguée suffisait à dessiner des nuits à refaire le monde, une petite ecchymose sur un bras se muait en bagarre grandiloquente, une insignifiante tache de boue sur un jean était une balade en forêt, et Émile pouvait alors deviner jusqu'à l'odeur si particulière d'un sous-bois.

Parfois, la situation s'inversait, on eût dit que c'était Émile qui venait au parloir pour soutenir ses amis, tant leur quotidien jaillissait souvent sans prévenir. Dans cet espace confiné qui prenait alors des airs de confessionnal, ils lui faisaient ressentir sans le savoir des émotions vitales à sa survie, des sensations réelles et vivaces qu'aucun des films médiocres qu'il était autorisé à voir dans sa cellule ne pouvait lui transmettre. Il fut aussi secoué que Paul quand ce dernier fut licencié avec violence de son poste de directeur financier, après onze années de bons et loyaux services. Émile le vit perdre des points de vie dans ce procès aux prud'hommes qui s'étala sur plusieurs années, et l'encouragea vivement à se faire accompagner d'un psy lorsqu'il comprit que son ami sombrait dans une insidieuse dépression. Émile partageait le poids qui s'était déposé sur ses épaules, il pouvait ressentir la douleur de Paul jusque dans son propre ventre. Une autre fois, alors que Manon plaisantait sur un sujet totalement anodin la seconde précédente, elle lui avoua soudain dans un sanglot qu'elle n'était pas faite pour aimer, qu'elle était un cœur en béton que personne n'arriverait à briser, qu'elle mourrait seule, et malheureuse. Elle fut assaillie de larmes déchirantes qui, par empathie, finirent sur les joues d'Émile.

Face à eux, Émile était une pierre en fusion, captant chaque émotion de ses proches pour mieux nier les siennes. Dans ces instants, la vitre épaisse qui les séparait devenait insupportable, il aurait voulu la briser pour serrer Manon et Paul contre lui, sentir leurs corps chauds contre le sien, les palper comme de l'argile.

Bien sûr, les parents d'Émile venaient le voir eux aussi. Chaque fois, il était bouleversé de lire au fond de leurs yeux cette indélébile tristesse qui le renvoyait constamment à son geste. Ils faisaient pourtant tout pour la cacher, comme on met une dose de sucre glace sur un gâteau pour en camoufler les imperfections, ils couvraient leur tristesse de sourires, ils la nappaient d'amour pour qu'elle ne pèse pas sur leur fils. Mais Émile les connaissait trop bien. Mieux que personne, il savait décrypter l'angoisse dans les yeux de sa mère, il savait décoder la peine dans chaque geste de son père, et cela le chamboulait. Dans leurs regards, Émile redevenait un enfant. Un enfant qui regardait avec circonspection ce virage inattendu qu'avait pris sa vie. Un enfant qui refusait d'accepter de devenir cet adulte capable du pire. C'était un combat qu'on lui avait imposé sans prévenir, un combat perdu d'avance.

Le soutien indéfectible de ses parents lui donnait de la force. Qu'ils doutent de son innocence avait peu d'importance. Le fait qu'ils puissent être persuadés de sa culpabilité conférait même un caractère plus émouvant encore à leur amour. Envers et contre tout, ils n'avaient jamais cessé de l'aimer. Pas une minute. Pas une seconde. Même coupable, même meurtrier, ils l'aimaient autant, peut-être plus qu'avant, parce qu'ils avaient compris à quel point cet amour lui était devenu plus vital encore dans sa condition de prisonnier. Si ce qu'il avait vécu avait eu un seul bénéfice, c'était d'avoir révélé de façon impromptue l'amour inconditionnel que lui portaient ses proches.

PRÉSENT

Émile n'avait informé ni Manon, ni Paul, ni ses parents du tag sur sa vitrine et du dossier d'enquête qu'on lui avait remis. Il s'était réfugié dans son camion à glaces, s'était servi une Suze et avait commencé sa lecture en trempant un doigt dans son verre pour faire tournoyer les glaçons. Il avait sauté du plongeoir de cinq mètres sans réfléchir, sans prendre le temps d'enfiler son maillot, sans même reprendre sa respiration. Enchaînant les pages de l'épais dossier, il remontait à la surface uniquement pour faire basculer la bouteille de Suze au-dessus de son verre, en s'y cramponnant comme à une bouée dans une mer houleuse. Le dossier était dense, difficile à lire, il fallait une concentration extrême pour assimiler tous les termes techniques. Mais plus il avançait dans sa lecture, plus il buvait, plus tout lui paraissait limpide.

Si quelqu'un était passé devant le parking à ce moment-là, il aurait vu au milieu des ampoules roses, par cette soirée de printemps orageuse, un homme qui affrontait son passé en serrant les dents, relâchant uniquement les mâchoires pour tirer sur sa cigarette électronique, son cerveau fumant autant que les nuages de vapeur qu'il recrachait.

Quand Émile regarda sa montre pour la première fois, il était vingt-deux heures, cela faisait six heures qu'il lisait. En apnée, il avait dévoré d'une traite l'épais dossier d'enquête, tel un roman à suspense dont on n'arrive pas à se détacher. Sauf que cette histoire-là n'était pas de la fiction, que chacun des personnages existait, que chaque fait s'était produit, que toute la tristesse de cette histoire-là avait fait couler de vraies larmes.

Comme par réflexe, Émile saisit son téléphone et composa le numéro de Sandra :

— Allô… ? répondit-elle, et l'on pouvait sentir de l'inquiétude dans sa voix.

— Ça vous dirait de boire un verre ? Mon camion à glaces n'est pas très loin de votre hôtel.

Énoncée ainsi, l'invitation n'avait aucun sens, elle pouvait même paraître un peu libidineuse, Émile en avait bien conscience. Pourtant Sandra n'hésita pas longtemps :

— D'accord, finit-elle par dire.

— Je vous envoie l'adresse par texto, conclut-il.

Sa voix ne laissa transparaître aucune ivresse, les années d'entraînement n'étaient donc pas vaines. Avec un pincement au cœur, Émile mit les bières au frais dans le congélateur où il entreposait autrefois ses glaces. Il se remémora l'émotion qu'il avait eue quand ses premiers clients s'étaient présentés devant le comptoir de son camion, la fébrilité avec laquelle il les avait accueillis, sa ferveur quand il s'agissait de décrire les alliages de parfum qu'il avait lui-même imaginés : vigne-gingembre, prune-chocolat, ou encore sa glace au parfum tomate-huile d'olive qui avait eu un succès inattendu.

Sandra apparut dans les lumières du camion, ses cheveux noirs scintillant dans la nuit.

— Une bière, s'il vous plaît ! déclara-t-elle en tapant sur le comptoir.

— À votre service, répondit Émile en tendant une bouteille à sa cliente d'un jour.

Il laissa Sandra profiter de sa première gorgée, et puis il ajouta :

— Je crois que je vous dois des excuses.

Sandra lui adressa simplement un sourire.

— Je deviens parano avec tout ça... dit Émile. N'importe qui aurait pu faire ce tag.

— Ce « n'importe qui » ne m'excluait pas, c'est normal.

— Voilà...

— Qu'est-ce qui vous a fait changer d'avis sur moi, vous avez appelé mon journal ?

Émile pointa la pile de photocopies du bout de son menton :

— J'ai reçu ce dossier dans ma boîte aux lettres pendant qu'on était ensemble.

— Votre messager est repassé ?

— On dirait bien... Ce sont des photocopies du rapport d'enquête.

— Quelqu'un de proche de l'enquête, donc, affirma Sandra.

— Un ancien flic, quelqu'un qui a suivi l'enquête, mais ça peut tout aussi bien être un proche de Louise, ou...

Émile s'interrompit tant cette option lui faisait horreur.

— ... Quelqu'un de proche de moi, finit-il par lâcher dans un murmure.

— Quel serait leur intérêt de remuer tout ça, si longtemps après ?

— Aucune idée... avoua Émile. Et cette personne a inscrit « Trouvez qui est J » sur la première page. Pourtant rien dans le rapport ne fait référence à un prénom commençant par cette lettre... Cette phrase est un mystère... Et ce qui m'étonne, c'est qu'on dirait que c'est un enfant qui l'a écrite.

Émile lui montra l'inscription qui figurait sur la première page du rapport d'enquête.

— J'ai plutôt l'impression que quelqu'un l'a écrite de la main gauche pour qu'on ne reconnaisse pas son écriture, remarqua Sandra.

Émile eut un peu honte de ne pas y avoir pensé, tant cela tombait sous le sens.

— Ça veut dire que je connais son écriture... ! s'exclama-t-il.

— Pas forcément, c'est peut-être juste une mesure de sécurité. Le principe du message anonyme. En tout cas, j'ai l'impression que votre portrait va être plus intéressant que prévu. Après tout, vous aviez raison, ce tag risque de me profiter... dit Sandra avec une pointe de cynisme, ce qu'Émile interpréta comme un relent de vexation, après ces accusations à son égard un peu plus tôt dans la journée.

Elle reprit, sur un ton plus sérieux :

— On peut tout arrêter si ça vous remue trop.

— À côté du reste, nos entrevues sont une partie de plaisir.

— Du reste ?

— Ma femme m'a quitté.

— Ah merde…

— Comme vous dites… Elle a découvert ce que j'ai fait. Je ne le lui avais pas dit, j'avais omis ce petit détail…

Considérant que Sandra avait atteint son quota d'accablements pour la journée, Émile ne poussa pas la confidence jusqu'à lui révéler que c'était sa lettre à elle qui avait mis à nu son secret.

— Puis Jeanne est revenue, il y a quelques jours, juste le temps d'une nuit. Au réveil, elle n'était plus là.

Sandra fit une moue sincèrement désolée. Ils se ravitaillèrent alors sans compter, et Émile se garda bien de dire à sa coéquipière qu'il avait quelques foulées d'avance sur elle. La question que posa Sandra un peu plus tard les projeta directement sur la ligne d'arrivée :

— Il dit quoi, ce dossier d'enquête ?

— Tutoyons-nous, lança Émile, en désignant la scène qu'ils étaient en train de vivre, comme si elle rendait obligatoirement le vouvoiement caduc.

Il était vingt-trois heures trente et une quand Sandra et Émile arrivèrent au petit manoir de famille où Manon organisait ses soirées. Lorsqu'elle leur fit remarquer qu'ils étaient en retard, Émile regarda sa montre avec l'air surpris de celui qui n'a pas vu l'heure passer. Sandra reconnut tout de suite la petite blonde aux bas écrus dont Émile lui avait parlé. Elle était un peu à l'écart et semblait pester contre quelqu'un. Elle fouettait l'air de ses bras, telle une marionnette en colère. Avec une bière et un verre de Suze vissés dans la main, Sandra et Émile étaient sur des rails, rien ne pouvait leur arriver. Alors ils ont bu quelques verres avec Manon, ils ont raconté quelques banalités à une vieille connaissance, ils ont tenté de tenir la conversation à une Hongroise un peu vulgaire, tout ça en gardant un œil sur la blonde esseulée. Ils ne voulaient surtout rien rater de ses moindres faits et gestes, jusqu'à ce que les aiguilles s'alignent.

— Avec qui se disputait-elle ? dit Sandra en rouvrant les yeux, les sortant du récit qu'Émile était en train de faire de ce 22 juillet 1999.

— Je ne m'en souviens pas. T'as une idée ?

— Absolument aucune...

Émile reprit, racontant dans le moindre détail le déroulement des événements. Ils naviguaient au milieu de la soirée qui se projetait sous leurs paupières fermées, entre les inconnus enivrés et les vieilles connaissances, étudiant chaque visage qu'Émile aurait pu oublier dans sa déposition à la police, scrutant chaque recoin de la pièce, humant jusqu'au moindre mégot oublié.

Quand ils eurent terminé leur voyage mortifère et qu'ils rouvrirent les yeux, Sandra et Émile étaient tous les deux en pleurs. C'était une histoire triste qui venait d'être contée, une histoire de Belle au bois dormant. Mais dans cette version, à défaut de la réveiller, le baiser du Prince charmant l'avait endormie à jamais.

FUTUR

Émile tremblait comme une feuille. Une feuille d'automne, sèche et rougeoyante, qui venait de se détacher de sa branche et avait heurté le sol après une chute vertigineuse. Il se souvint des mots de Manon, qui avait affirmé que « mille vérités engendrent toujours moins de dégâts qu'un seul mensonge ». Il pouvait dorénavant affirmer que c'était faux, tant cette vérité-là achevait d'empirer la lente descente aux enfers entamée vingt années plus tôt. Autant de malheur en une seule vie, c'était un coup à faire mentir les statistiques.

Jeanne le prit dans ses bras, le cajolant comme un enfant.

— On va partir de cette ville, on va sortir de cette sale passe, lui susurra-t-elle à l'oreille.

Elle était aussi bouleversée que lui par la tragédie qui venait d'arriver, mais elle sentait qu'il ne fallait pas qu'elle flanche, qu'il fallait qu'elle soit le rocher auquel Émile pourrait s'accrocher quelque temps. Si elle s'écroulait avec lui, c'est leur navire tout entier qui chavirerait, celui-là même qu'ils avaient mis des années à façonner de leurs mains.

Cette fois, se promit-elle, la tempête n'aurait pas raison d'eux. Elle n'aurait plus raison d'eux.

PASSÉ

Émile sortit de prison au bout de treize années, pas un jour de moins. La violente altercation qui avait eu lieu dans sa cellule, et qui avait laissé une cicatrice saillante sur sa tempe droite, ne lui avait pas permis de bénéficier des remises de peine auxquelles il aurait eu droit. Sauf mauvaise conduite, un détenu réduit sa peine de trois mois la première année puis deux mois les années suivantes. Sauf mauvaise conduite…

— Bienvenue ! déclara Manon à sa sortie de prison, à peine eut-il posé un pied hors du bâtiment.

Elle appuya son propos en montrant l'extérieur d'un grand geste, comme s'il entrait dans son salon personnel. Paul lui sauta dans les bras et déposa une larme discrète sur son épaule. Cela faisait des années qu'Émile attendait ces étreintes providentielles, à tel point qu'il ne put s'abstenir d'enfoncer ses doigts un peu trop fort dans l'argile de leurs dos.

La première chose qui le frappa, ce fut l'étendue du ciel. L'échantillon qui lui était proposé était tellement plus vaste que dans la cour de la prison qu'il en fut stupéfait. On ne lui avait rien rendu d'autre que sa liberté, mais en sentant le vent caresser sa figure pour la première fois depuis si longtemps, Émile mesura quel inépuisable cadeau on venait de lui faire. Avec le recul de l'enfer qu'il venait de vivre, tout lui paraissait vertigineux, le ballet effréné des voitures qui tournoyaient autour de lui, l'enseigne clignotante d'une pharmacie, un groupe de jeunes cadres encravatés qui riaient tellement fort que cela sonna faux aux oreilles d'Émile, tant il n'était plus habitué à ces signes d'allégresse, un garçon qui passait à ses côtés sur une trottinette dont il s'étonna qu'elle fût électrique, la terrasse animée et bruyante d'un café qu'il pouvait apercevoir à l'angle de la rue, un ouvrier qui fumait une cigarette perché en haut de son échafaudage, l'ahurissant déhanché d'une femme dont chaque pas faisait sautiller l'étoffe légère de sa robe, tout. Tout était un spectacle démesuré qui lui donna la délicieuse sensation d'un enivrement.

Si bien qu'il ne remarqua pas tout de suite ses parents. Ils avaient fait le déplacement et l'attendaient timidement à quelques pas de là. Paul lui affirma n'y être pour rien, mais Émile en doutait. Il ne bouda pas son plaisir de les enlacer à leur tour, et eut la joie de constater que, malgré les larmes, il y avait une dose de tristesse en moins dans les yeux émus de sa mère. Son père fit preuve de beaucoup plus de retenue, mais Émile connaissait sa pudeur.

L'accolade appuyée qu'il donna à son fils en l'embrassant suffit à démontrer tout son amour, et la joie que lui procurait sa sortie de prison. Bien sûr, il l'aurait préféré innocent plutôt que désormais libre, mais la vie leur avait fait trop peu de cadeaux pour qu'il n'apprécie pas celui-ci à sa juste valeur.

Ils déjeunèrent tous ensemble dans un restaurant italien, personne n'eut réellement le choix tant Émile en avait rêvé. Cela faisait des années qu'il en rebattait les oreilles de Paul et Manon, le menu avait donc été établi depuis longtemps déjà, et le restaurateur l'avait préparé spécialement pour l'occasion : une *burrata*, des pâtes à l'encre de seiche, et une crème brûlée en dessert. Quand on est cloîtré dans quinze mètres carrés, les fantasmes deviennent plus accessibles et les rêves plus simples.

Avec Héritier, le codétenu d'Émile pour la majeure partie de sa peine, ils avaient passé des journées à parler des plats qu'ils mangeraient en sortant, des pays qu'ils visiteraient, des femmes qu'ils enlaceraient. La quasi-totalité de leur présent était occupée à fantasmer leur futur. Par contre, ni l'un ni l'autre n'aborda en cours de détention la question du passé, aucun d'eux n'évoqua la raison qui les avait amenés dans cet enfer. C'était un contrat tacite entre eux qui fut toujours respecté.

Quand ils étaient entrés dans ce lieu, tout leur avait été retiré, jusqu'au moindre effet personnel, il faut croire que cela incluait jusqu'à l'expression de leurs méfaits. Émile avait seulement réussi à conserver la bague que lui avait donnée sa mère, en prétextant qu'il s'agissait de son alliance, et Héritier avait gardé sa montre. Une montre qui avait d'ailleurs été un sujet de discorde récurrent entre les deux codétenus. D'abord parce que les aiguilles faisaient du bruit, et que cette manifestation du temps angoissait Émile. Héritier avait beau lui répéter d'en tirer le côté positif, de se figurer que chaque seconde qui défilait les rapprochait un peu plus de leur sortie, cela ne l'apaisait en rien. Ensuite, parce qu'Héritier ne pouvait réprimer son besoin de commenter l'heure en permanence, alors qu'Émile préférait ne pas la connaître, tant cela semblait étirer ses journées ou ses nuits. Émile n'avait évidemment pas manqué de lui faire part de sa théorie de l'élasticité du temps, du fait que l'heure affichée sur les horloges n'était d'aucune utilité puisque le temps était intimement lié aux émotions que l'on ressentait. Mais Héritier était resté hermétique à cette démonstration :

— Pour moi une seconde est une seconde, un point c'est tout. Et peu importe ce que Salvador Dalí peut en penser, je m'en contrefous ! avait-il dit.

Malgré ces quelques différends, d'habitude destinés aux vieux couples, Émile avait conscience d'avoir tiré le bon numéro en tombant sur Héritier. La prison était tellement dangereuse, régie par des règles arbitraires souvent dictées par les prisonniers les plus puissants, qu'avoir un codétenu sain d'esprit, et quinze mètres carrés de tranquillité, avait contribué à rendre sa détention plus supportable.

Quand Héritier est sorti de prison, après dix années de cohabitation, Émile comprit tout de suite qu'il perdait un allié précieux. Et cela se confirma quelques semaines plus tard avec l'arrivée d'Antoine, son nouveau codétenu. Un homme chauve, très grand et corpulent, qui oscillait entre un mutisme profond et des euphories soudaines. La zone de tranquillité d'Émile avait alors été réduite à néant, et les trois années qu'il lui restait à purger furent les plus dures. Son nouveau colocataire n'était pas fou, il n'était pas pervers ni violent, mais sa difficulté profonde à gérer ses émotions rendait leur quotidien éprouvant. Le stress, la tristesse, la joie, une fois passés à la moulinette du psychisme torturé d'Antoine, prenaient des proportions toujours inattendues. Si bien qu'Émile dut sans cesse faire office de régulateur afin de maintenir un équilibre, aussi fragile fût-il, au sein de leur cellule.

Si Émile n'hésitait pas à faire part de ses angoisses ou de ses peurs à ses proches, il ne parlait jamais de son quotidien carcéral. Paul et Manon étaient tout juste au courant du changement de codétenu qui avait eu lieu. Inconsciemment, Émile espérait qu'ainsi ses années de prison laisseraient un poids moindre sur son existence, que son futur en conserverait moins de traces. Mais les kilos qu'il perdit lors de ces derniers mois, son crâne désormais rasé et ses traits tirés en racontaient bien plus qu'il ne l'imaginait. Paul et Manon en parlaient fréquemment entre eux, ils s'inquiétaient de son état, ou se réjouissaient quand il semblait aller mieux. Malgré tout, ils ne laissaient jamais rien paraître face à Émile, respectant son silence sur ses conditions de détention. De toute façon, ils n'avaient absolument aucun moyen de les améliorer.

Héritier est venu le voir au parloir quelques mois plus tard. Découvrant la mine fatiguée d'Émile, il ne put s'empêcher de le lui faire remarquer :

— Qu'est-ce qui t'arrive ? On dirait que t'as pris vingt ans, t'es maigre comme un clou, t'es tout gris…

Avec lui c'était différent, Émile s'autorisa à se confier sur la relation étouffante, presque médicale, qu'il était forcé d'entretenir avec Antoine. Il relata les nuits agitées, les crises de larmes qu'il devait constamment tenter d'apaiser, les longues heures passées à écouter Antoine, contraint et forcé, afin qu'il se calme. Émile raconta à quel point cela le consumait à petit feu. Il était une éponge gorgée des angoisses de l'autre, bientôt bonne à jeter. Plus que jamais, il comptait les jours, les heures et même les secondes avant sa sortie.

— Je n'aurais pas cru regretter ta montre un jour ! dit-il enfin à Héritier, pour alléger ses propos.

— On ne peut pas gagner à tous les coups… répondit ce dernier en se désignant, avec un petit rictus empli de fierté.

Même si leur discussion fut agréable et authentique, et qu'elle redonna un peu de vigueur à Émile, ces quelques minutes d'entrevue leur suffirent pour prendre conscience que cette amitié n'avait eu de sens qu'entre les cloisons de leur cellule. Cela rappelait à Émile ces relations de colonie de vacances qu'il avait tenté d'entretenir quand il était adolescent, mais qui s'étaient toujours étiolées naturellement. Cette colonie-là, aussi spéciale fût-elle, ne dérogeait tristement pas à la règle. La captivité les avait dupés, hors du contexte si particulier de la cellule qu'ils avaient partagée, les discussions étaient moins évidentes, les points communs moins flagrants. La liberté souveraine, en s'emparant de son codétenu, avait détérioré le lien si fort qui les avait unis. Émile avait eu raison de vider son sac ce jour-là, car il ne revit jamais Héritier.

Cette dernière conversation qu'ils avaient eue, pour le moins anodine, se dissémina dans les mois suivants tel un poison insidieux. Émile supporta moins les sautes d'humeur d'Antoine, il haït plus que jamais ses sanglots incessants, répugna plus encore ses allégresses absurdes. Cela faisait près d'un an et demi qu'il subissait cette violence tacite, quand il y eut cette nuit de trop : Antoine poussa des râles des heures durant, qui firent se fendiller l'armure pourtant résistante qu'Émile s'était forgée. Quelque chose s'empara de lui sans prévenir, une fureur contenue mais vive prit possession de ses mains, de ses jambes, de sa tête, de son corps tout entier. Sans hâte, il descendit l'échelle de son lit superposé, se saisit délicatement de son oreiller et l'appliqua de toutes ses forces sur le visage d'Antoine. Il n'y avait dans ce geste aucune volonté de tuer, il voulait seulement qu'il se taise, qu'il arrête de geindre. Antoine se débattit, poussa des cris étouffés, mais Émile ne relâcha pas la pression. En posant cet oreiller sur la figure de son codétenu, Émile avait fait un choix, il savait qu'il n'y aurait plus de retour en arrière possible, c'était un aller simple, c'était sa vie ou celle d'Antoine, c'était tout ou rien. Dans l'enfer où Émile évoluait au quotidien, il n'y avait plus aucune différence entre le pire et le meilleur, alors autant prendre ce risque.

Mais soudain, Émile se vit faire, il réalisa la violence sourde dont il était à la fois le bourreau et la proie, et cela jugula immédiatement la fureur démentielle qui l'animait. Il relâcha alors son étau, stupéfait d'avoir pu en arriver là. Cette prise de conscience lui coûta très cher, car sous l'impulsion du poing de son adversaire, sa tête heurta violemment la barre métallique du lit et il fut aussitôt projeté au sol comme un vulgaire chiffon.

Déjà Antoine s'approchait de lui, et étant donné sa masse musculaire, Émile savait qu'il ne survivrait pas à ce dernier assaut. Cependant, il n'appréhenda pas de voir sa dernière heure arriver. En apercevant la silhouette imposante qui se dirigeait vers lui, Émile ressentit même un certain apaisement. Mourir, c'était arrêter de douter, c'était arrêter de souffrir, c'était arrêter d'arrêter. Alors il ferma les paupières, prêt à léguer son corps à la violence. On aurait presque pu déceler un sourire au coin de ses lèvres, quand quelque chose vint gâcher la fête. La porte de la cellule s'ouvrit, une bonne vingtaine de pieds entrèrent et encerclèrent rapidement son bourreau, freinant quelque peu ses ardeurs.

Devant le conseil de discipline, à peine quelques jours plus tard, la légitime défense fut retenue pour Émile. Les matons, pourtant pas dupes de ce qui s'était réellement passé, avaient tous témoigné en sa faveur, faisant porter à Antoine la responsabilité de cette attaque nocturne. Car chacun savait le calvaire que vivait Émile en partageant la cellule avec cette personnalité cyclothymique. Il était un détenu modèle qui ne méritait pas qu'on prolonge sa peine, les gardiens avaient donc sérieusement influé sur la sentence du conseil en abreuvant le directeur de louanges à son égard.

Si Émile n'avait pas vu sa peine prolongée à cause de cette rixe, il avait cependant dû tirer un trait sur les remises de peine qui lui étaient promises. Il finit donc de purger ses derniers mois dans une cellule en solitaire, avec une cicatrice de plus sur la tempe, et la sensation amère d'une défaite victorieuse.

PRÉSENT

L'enquête menée par les policiers n'avait tiré qu'un fil, celui de la culpabilité d'Émile. Ils avaient abordé l'affaire à travers le prisme de ce qu'ils avaient découvert ce soir-là sur la scène du crime : une vérité crue, indéniable. Émile ne s'en étonna pas en lisant le dossier d'enquête, car son procès en avait été la démonstration la plus criante. Son avocate elle-même, confrontée aux preuves, lui avait très vite conseillé d'adopter la ligne de défense de la circonstance atténuante, fermant de ce fait la porte à la possibilité, même infime, de l'innocence d'Émile. Cette porte, qu'il avait lui-même fini par verrouiller, était restée close depuis tout ce temps sans qu'il eût jamais la tentation de la rouvrir. Pour les avoir affrontés pendant de long mois, il savait les démons perfides qui sommeillaient derrière, et ne voulait pas prendre le risque de les sortir de leur torpeur.

Alors pourquoi avait-il cette audace aujourd'hui ? Qu'est-ce qui lui donnait désormais la force de glisser la clef dans la serrure ?

Difficile de dire ce qui déclenche une avalanche, un simple caillou peut entraîner des tonnes de neige dans sa chute. Émile surfait sur cette vague enneigée sans savoir ce qui l'attendait en bas : une euphorie délirante ? Une déconvenue prévisible ? Une solitude assourdissante ? Il s'en moquait, ce mot sur sa vitrine avait ouvert la boîte de Pandore, le petit caillou avait provoqué l'éboulement, et rien ni personne ne pourrait arrêter ce qui s'était enclenché dans sa tête. Même si c'était infinitésimal, il subsistait un espoir qu'il soit innocent, alors Émile était bien décidé à chercher l'aiguille, en se roulant dans la meule de foin s'il le fallait.

L'inventaire des invités présents lors de cette soirée-là figurait dans le rapport d'enquête, Émile l'avait sous les yeux. Cinquante-deux personnes, cinquante-deux suspects, cinquante-deux possibilités de sortir du tunnel. Émile lisait et relisait la liste, cherchant le nom qui ferait trembler son instinct. Comme rien ne se produisit, il se résolut à appeler Manon et Paul.

Ça avait été presque reposant de se confier à l'inconnue qu'était Sandra, mais Émile avait à présent besoin de cette chaleur inimitable que procure l'amitié. Paul n'était pas disponible, mais Manon répondit présente à son appel. À vrai dire, elle répondait toujours présente, son éternel célibat lui laissant plus de temps que le commun des mortels. Et puis elle ne rechignait jamais à un peu d'ivresse.

Émile lui raconta le message sur la vitrine, le dossier d'enquête qui lui avait été remis. Le premier réflexe de Manon fut le même que le sien :

— Ça doit être cette journaliste qui cherche la merde !

— Impossible, j'étais avec elle quand le dossier a été posé dans ma boîte aux lettres.

— N'empêche, si j'étais toi je me méfierais de cette nana qui veut faire carrière sur ton dos.

Émile se garda bien de dire qu'ils s'étaient enivrés ensemble la veille au soir.

— Jeanne est revenue me voir quelques jours avant ce tag. C'est peut-être son déni de mon geste qu'elle a inscrit sur ma vitrine ?

— Tu oublies le dossier d'enquête, dit Manon.

— Elle a pu faire des pieds et des mains auprès de mon avocate pour se le procurer. Je te rappelle que c'est son amie, et que c'est par elle qu'on s'est rencontrés, Jeanne et moi…

Émile eut l'impression qu'il y avait autant de possibilités que d'êtres sur cette planète, et les milliards de pistes qu'il lui restait à explorer lui parurent insurmontables.

— J'ai besoin de tes talents de fouine.

— Émile… murmura Manon en oscillant de la tête.

Le ton de sa voix était empli de tant de sous-entendus qu'elle n'avait pas eu besoin de plus de mots pour se faire comprendre : elle mettait Émile en garde, sachant pertinemment ce que sa demande induisait.

— Est-ce que tu es vraiment sûr de vouloir…

— Oui, trancha-t-il, j'ai une petite cinquantaine de personnes à passer au peigne fin sur internet.

Elle était la personne idéale pour ce genre de mission, elle avait mille fois traqué des gens sur la Toile, c'était même devenu un réflexe pernicieux. Elle employait ses talents pour vérifier le profil des personnes qu'elle voulait recruter dans son entreprise ou pour confirmer ses doutes quand un collaborateur semblait lui mentir. Quand on sait en tirer profit, internet est une source intarissable d'informations, l'intime à ciel ouvert. Avec les faux profils que Manon avait montés sur à peu près tous les réseaux sociaux, et qu'elle agrémentait au quotidien depuis des années pour les rendre crédibles, elle pouvait dire quand celui-ci était absent de chez lui, quand celui-là avait été viré de son travail ou qu'il avait été quitté par sa compagne. Elle recoupait les informations entre les sites, épluchait les réseaux sociaux, et trouvait toujours des éclairages utiles. Elle avait notamment annoncé à Paul que l'appartement dont il était propriétaire, pour lequel il avait un locataire depuis deux ans, était sous-loué par un jeune homme peu recommandable, loin du profil rassurant de celui qui affichait son nom sur le bail. Elle avait même trouvé des photos montrant à Paul l'état déplorable de son studio. C'est également elle qui avait appris à Émile que son premier amour avait perdu son deuxième enfant, sans même que l'info n'ait fuité sur les réseaux sociaux.

— Cinquante personnes ! Mais c'est une cellule de crise qu'il faut que tu montes, à ce niveau-là, je n'aurai pas assez d'une vie pour étudier tout ce petit monde. C'est impossible, Émile...

Manon avait raison évidemment, et il fut presque honteux de tant de naïveté. C'était un travail de fourmi, il s'agissait de déplacer une montagne. Montagne que les policiers n'avaient pas eu à gravir, tant l'évidence les avait happés.

— C'est vrai, pardon...

Un silence, puis Émile ajouta :

— Tu pourrais juste me creuser Étienne Bevillon, le mari de Louise ? Il ne figure pas sur la liste des invités mais j'aimerais bien en savoir plus sur lui.

« Louise », cela faisait longtemps qu'Émile n'avait pas prononcé son prénom à voix haute. Le simple fait de se l'entendre dire déclencha un frisson qui fit se dresser les poils de son bras.

— Oui si tu veux, je peux voir ce que...

— Et sa fille, Nicole.

— Oui oui, d'accord. Mais je pense vraiment qu'il faudrait que tu...

— Est-ce que c'est bien toi qui t'apprêtes à me faire une leçon de morale ? Toi, la défiance incarnée envers la morale ! protesta Émile avec un cynisme qui la fit rire.

— Je te tiens au courant, conclut-elle.

Émile observa les deux noms qu'il avait entourés dans le rapport d'enquête. Pierre Mertince et Pablo Noguiera.

Il aiguisait déjà ses flèches, ils étaient sa prochaine cible.

*
* *

Cet après-midi-là, Sandra attendait déjà sur l'une des banquettes rouges de l'arrière-salle sombre de chez Pépite quand Émile arriva. Il s'assit face à elle, mais il ne cessa de se retourner pour appréhender avec angoisse la distance qui le séparait de l'extérieur. Si Émile se retint de dire quoi que ce soit pendant les premières minutes, Sandra décela rapidement un malaise :

— Tout va bien ?

— Ça te dérange si on se rapproche des fenêtres ? demanda Émile, des gouttes de sueur perlant sur son front.

— Ah non non, pas du tout.

Sandra récupéra son sac, et son téléphone qui trônait déjà sur la table pour enregistrer les paroles d'Émile. Ils s'installèrent à une table collée à la vitrine, si bien qu'il pouvait laisser s'évader son regard à l'extérieur, tout en profitant de l'air qui filtrait par la porte d'entrée. Ce fut radical, Sandra vit Émile se redresser et sourire, c'était un autre homme qui se trouvait face à elle, un homme qu'on venait de libérer à nouveau de prison.

— En lisant le dossier d'instruction, attaqua d'emblée Émile, j'ai appris que Louise avait eu deux amants. Son relevé téléphonique a en effet révélé cette information aux enquêteurs. Mais ils n'ont pas poussé plus loin cette piste, parce que les résultats des analyses des échantillons de peau qui se trouvaient sous les ongles de

Louise sont tombés et les ont confortés dans leur certitude de ma culpabilité. Ces deux hommes s'appellent Pierre Mertince et Pablo Noguiera, et il semble qu'ils n'ont jamais été contactés par la police. Pierre Mertince n'apparaît pas sur la liste des invités de cette soirée-là, mais Pablo Noguiera si.

Émile avait déclamé ces mots avec une exaltation qui n'échappa pas à Sandra. Elle le regarda longuement avant de s'exprimer, comme si elle hésitait sur la manière de répondre. Plus que l'information elle-même, c'est la réaction d'Émile qui semblait l'intéresser, la ferveur qui l'animait encore, cette transe dans laquelle ce tag sur sa vitrine l'avait plongé. On était là dans le cœur même du sujet qu'elle souhaitait aborder avec lui, on touchait précisément à cette part d'intime que la journaliste ambitionnait de dépeindre dans son article. Sandra tendit son doigt et enclencha la fonction dictaphone de son portable :

— Doutez-vous encore de votre culpabilité, Émile ?

Le fait que Sandra le vouvoyait de nouveau, une fois l'enregistrement lancé, comme pour imposer une distance nécessaire au travail journalistique, déstabilisa Émile. Avec cette question, elle le mettait face à l'exaltation qui l'animait, elle interrogeait le mécanisme qui s'était enclenché dans sa tête. Avec ce ton laconique qui la caractérisait tant, Sandra l'obligeait à assumer sa position : était-il réellement en train de douter de sa culpabilité ? Si oui, n'était-ce pas un élan de folie ? Et que lui apporterait la réponse ?

Avant de s'exprimer, Émile délibéra en silence. Peut-être s'était-il lancé trop vite dans la gueule du loup en se mettant de nouveau à courir après son innocence. Il n'était pas impossible que ce tag sur sa vitrine soit un piège dans lequel on voulait qu'il tombe, peut-être s'agissait-il seulement d'une piqûre de rappel fallacieuse de sa culpabilité. Dix-neuf ans après, quelqu'un s'amusait probablement à le voir réveiller ses démons, à le regarder s'enliser de nouveau dans la paranoïa et le doute.

Sandra voyait bien dans quel abîme sa question l'avait poussé, mais elle ne pouvait continuer son portrait sans prendre en compte le tournant qui venait indéniablement de s'opérer dans la vie d'Émile. Le doute qui s'était emparé de lui semblait tenace, il avait lentement refermé ses tentacules, comme la pieuvre aux trois cœurs dont lui avait parlé Paul. L'homme que la journaliste était venue chercher était en pleine mue, et son portrait se devait d'en être le témoin privilégié.

— Ça fait six ans que j'ai arrêté de fumer, dit Émile. J'ai eu beaucoup de mal à remplacer le vide que ça a créé. Chaque geste me rappelait la cigarette, quand je prenais un café, quand je buvais une bière, quand je passais un coup de fil.

Sandra ne voyait pas où Émile voulait en venir ni le lien avec sa question, mais elle laissa le dictaphone activé et resta muette.

— Encore aujourd'hui, même si l'envie de fumer est passée, j'y pense à de nombreuses reprises dans la journée. Je ne prends pas de pause au travail sans que ça traverse mon esprit, je ne vais pas au resto sans y penser au moins une fois. Contrairement aux apparences, ma dépendance est en attente. Une taffe, une seule et unique taffe, suffirait à me faire retomber immédiatement dans la dépendance.

Voyant les sourcils de Sandra se tordre, il précisa sa pensée :

— Le doute fonctionne comme la cigarette sur le cerveau, je m'en suis rendu compte avec le temps. Quand il subsiste un espoir, même minime, cette pensée vous obsède en permanence, vous en êtes dépendant. Ça devient une béquille, la seule branche à laquelle vous vous raccrochez pour ne pas tomber. Un jour, pour avancer, j'ai décidé de m'en débarrasser. Les preuves de ma culpabilité ont été un patch efficace.

— Vous ne doutiez plus de votre culpabilité ?

— J'y pensais, bien sûr, à des instants précis de la journée, en cas de stress ou de déprime, mais j'ai réussi à m'en défaire petit à petit avec les années.

— Alors pourquoi le doute se réveille-t-il maintenant ? demanda Sandra, même si elle connaissait à peu près la réponse.

— Parce que pour la première fois depuis près de vingt ans, quelqu'un d'extérieur semble douter également.

— Ce tag sur la vitrine a été…

— … La seule et unique taffe qui a suffi à me faire replonger.

Il y eut un silence, Sandra semblait méditer les paroles d'Émile. Puis elle coupa le dictaphone, nota quelques phrases sur son carnet et posa son stylo, satisfaite.

— Merci, Émile, finit-elle par dire.

— De ?

— D'avoir accepté de rencontrer une vermine de journaliste et de tolérer ses questions à la con, dit-elle avec un air reconnaissant.

— Au point où j'en suis...

— Je ne tombe pas au meilleur moment, j'en suis consciente.

Voyant sa mine déconfite, elle ajouta :

— Ça va s'arranger.

— Si Dieu existe, qu'il t'entende ! s'exclama Émile.

— Je peux t'aider pour les deux amants de Louise. Je te dois bien ce coup de main... répondit Sandra.

— Comment ça ?

— Ils risquent de te reconnaître et de se refermer comme des huîtres si tu vas les questionner. Je peux aller leur poser quelques questions, si tu veux.

— Après toutes ces années, j'en doute. Et de toute façon peu importe, s'ils me reconnaissent je vais la jouer cartes sur table, j'ai besoin de voir moi-même ce qui se passe dans leurs yeux, dit Émile.

— Je comprends... conclut-elle.

Quand elle voulut se lever pour partir, Sandra réalisa son erreur. En changeant de place précipitamment au début de leur entrevue, elle avait baissé la garde et s'était assise sur la première chaise qui lui était tombée sous la main, sans vérifier si celle-ci pouvait l'accueillir, comme elle le faisait habituellement. Le bassin bloqué entre les accoudoirs, elle pestait maintenant de son étourderie. Émile l'observa sans savoir comment réagir, cependant jamais elle ne fut ridicule, jamais la scène ne lui inspira de gêne, pas même lorsque les regards se braquèrent sur eux quand il tenta vainement de la libérer de son étau de bois. Le fait que Sandra assume totalement son imposante silhouette et qu'elle ne tire absolument aucun complexe de cette situation rendait la scène totalement anodine. Sandra eut le réflexe d'en rire plutôt que d'en rougir, d'un rire communicatif qui gagna bientôt Émile. Avec une facilité déconcertante, comme on fait une grimace à un enfant pour effacer ses larmes de crocodile, Sandra venait de transformer ce qui aurait pu être une honte sans pareille en un instant de gaieté partagée. Elle venait de muer cette matinée taciturne en une journée rayonnante. Vu la bonne humeur qui envahit d'emblée Émile, il convint que c'était un pouvoir bien plus utile au quotidien que celui de transformer l'eau en vin.

PASSÉ

Émile faisait facilement dix ans de plus que son âge, l'enfermement vous vieillit deux fois plus vite. Personne n'y échappe, pas même ceux qui passent tous leurs temps de pause dans la salle de musculation du pénitencier. Il fallut quelques longues semaines pour qu'Émile ressemble vaguement à celui qu'il était avant la prison. Ses cheveux repoussèrent, son visage et son corps reprirent des formes un peu plus humaines. C'est en tout cas ce que lui affirmaient Manon et Paul, car depuis sa sortie de prison, Émile refusait de faire face à son propre reflet. Il ne reconnaissait pas l'homme qu'il y voyait, ce faciès lui renvoyait beaucoup trop de questions pour qu'il puisse l'affronter tous les matins. Alors plutôt que de croiser chaque jour un inconnu, chez lui il avait décroché tous les miroirs. Tout ce qui pouvait renvoyer son image fut éradiqué, de la bouilloire en métal aux portes vitrées du salon. Quand il s'approchait d'une voiture ou croisait une vitrine, il avait pris pour habitude de détourner le regard.

C'est à cette période qu'il conclut un pacte avec Manon et Paul : personne ne devrait savoir, pour ses années de prison. Jamais. L'idée du Club Med, qui avait d'abord jailli comme une blague lors d'un dîner, était devenue un contrat passé entre les trois amis. Ils avaient consciencieusement révisé leur texte jusqu'à le connaître sur le bout des doigts : Émile revenait de treize années de travail au Club Med de Pizzo Calabro, en Italie, c'est ce qui expliquait ce long moment d'absence.

Il était rarement revenu en France, mais Manon et Paul avaient fait plusieurs fois le voyage pour venir le voir, sans bouder au passage le plaisir des vacances que cela leur imposait.

Le reste du temps, ils s'étaient appelés chaque semaine, discutant pendant des heures de leur quotidien, si bien que leur amitié n'avait pas été atteinte par cette distance qui les avait séparés. C'était même tout le contraire qui s'était passé, leur lien s'était renforcé, laissant très vite place à une forme de fraternité.

Le mensonge n'était pas si difficile à tenir tant il s'imbriquait avec la réalité, c'était un Lego pour adultes, ni plus ni moins. Cette mécanique de l'esprit était vite entrée dans les mœurs des trois amis, à tel point qu'ils utilisaient le terme de « Club Med » même quand ils n'étaient que tous les trois. Désormais, d'un côté il y aurait eux et de l'autre le monde tout entier. Émile n'avait jamais foulé le sable de la plage de Pizzo Calabro, mais ce documentaire qu'il avait vu en prison l'avait fait tellement fantasmer que le fait de situer son boniment là-bas lui était apparu comme une évidence.

Pour l'anniversaire d'Émile, date qui célébrait à la fois ses quarante-quatre ans et ses six mois de liberté retrouvée, Paul lui offrit un cadeau salutaire : une semaine au Club Med de Pizzo Calabro. Même si Émile s'était beaucoup documenté sur la ville, même s'il avait vu ce reportage en prison et lu tous les guides touristiques sans exception, rien ne valait le fait de discuter avec les locaux, de humer ce parfum si singulier qui se dégage des rues italiennes. Rien ne pouvait retranscrire le plaisir incomparable de s'asseoir sur les marches de l'église de Piedigrotta en baladant son regard sur l'horizon fuyant de la mer Tyrrhénienne, le bonheur d'enfoncer ses orteils dans le sable chaud de la petite plage du village, à quelques pas du port de pêche. Rien ne pouvait égaler le délice de croquer à pleines dents dans un *tartufo*, un dessert à la crème glacée typique du coin, et de sentir son cœur fondant au chocolat dégouliner le long de son palais. Il est rare que la réalité surpasse les fantasmes, et pourtant c'était bien ce qui s'était passé cette semaine-là, Émile avait rêvé les yeux ouverts.

Ce cadeau, outre l'occasion de profiter d'un séjour inoubliable avec Paul et Manon, avait achevé de parfaire le mensonge d'Émile. Depuis ce jour, il pouvait tout décrire de cette ville, de la température de l'eau jusqu'à la couleur du carrelage des toilettes du Club Med où il était censé avoir travaillé. Ces quelques jours hors du temps avaient eu un pouvoir inouï : celui de muer son mensonge en demi-vérité.

PRÉSENT

Manon se tenait face à Émile chez Pépite, elle chuchotait pour qu'aucune oreille indiscrète ne puisse l'entendre, comme si ses recherches étaient d'une importance capitale pour l'humanité tout entière :

— Étienne Bevillon, cinquante-neuf ans, employé dans une entreprise informatique.

— Cinquante-neuf ans ! s'écria-t-il.

— Qu'est-ce que tu crois, toi aussi t'as pris un coup de pelle ! répliqua Manon.

Émile ne se voyait pas vieillir, sa cinquantaine n'en avait que l'apparence, sous les rides évoluait un homme de trente ans à peine, comme si les compteurs s'étaient arrêtés le soir du drame. Le fait de ne pas avoir eu d'enfants contribuait également à détraquer sa notion du temps, cela donnait un relief différent au calendrier. Voir les autres prendre de l'âge était donc un des seuls repères lui permettant de percevoir, avec chaque fois une certaine violence, la morsure des années. Laissant Émile encore ébranlé par cet incorrigible mouvement des aiguilles, Manon continua son exposé :

— Officiellement, il n'a eu que deux compagnes depuis Louise. Je dis bien officiellement parce qu'il fréquente régulièrement des prostituées.

— Mais comment tu fais pour savoir ça... ?!

— Il n'a eu aucun autre enfant et n'est plus en contact avec sa fille Nicole, du moins d'après ce que j'ai pu constater, continua-t-elle sans répondre.

— Qu'est-ce qui te fait dire ça ?

— Un commentaire qu'il a mis sur Facebook en 2014 sous une photo d'elle enfant. Il a dit un truc du style « Le passé à présent ». Puis en 2018, il a republié cette photo sans commentaire. Quelqu'un a commenté en dessous avec un smiley triste. La prose moderne dans ce qu'elle a de plus chatoyant...

— Elle est morte, tu crois ?

— Probable. Ou alors ils sont très fâchés.

— Comment en avoir la certitude ?

— Je n'ai pas non plus les moyens des RG... D'autant qu'il y a assez peu d'empreintes numériques d'elle. Son nom n'apparaît que dans quelques blogs qui relatent tes exploits.

Cela ne fit pas rire Émile, qui se crispa à l'évocation de ces traces numériques de son drame subsistant sur internet. Le référencement Google, c'est l'oubli de l'oubli.

— C'est comme ça que tu me remercies ? dit Manon en voyant la mine renfrognée de son ami.

Paul surgit et les interrompit :

— Tiens, ton paquet de clopes ! dit-il à Manon en le lui tendant. T'as vu le prix ? Ils sont devenus complètement fous, ce machin est devenu un signe extérieur de richesse.

Il commanda une bière et se tourna vers ses amis :

— Alors ? Elle a trouvé quoi, Julie Lescaut ?

— Ben pas grand-chose, à part que la Nicole doit être six pieds sous terre avec maman, à l'heure qu'il est.

Paul et Émile eurent un mouvement de recul face aux propos de Manon. Ses provocations franchissaient des limites qui les offusquaient encore, et ce malgré les années de pratique.

— Franchement, Manon… réprimanda Paul.

— Ben quoi ? Faut appeler un chat un chat… fit-elle avec une mine naïve, avant de continuer. Côté Étienne, aucune casserole au cul. Il travaille dans la même entreprise depuis trente ans, aucun délit, pas de passage par la case « Club Med ». Le seul moyen d'en savoir plus serait de l'interroger, mais ce n'est pas dans mes compétences.

— Ah non, même pas en rêve, je passe mon tour, fit Paul en voyant les regards se tourner vers lui.

— Et toi, je crois bien que tu es plutôt mal placé pour le faire ! dit Manon en pivotant vers Émile, avec un cynisme assumé.

— J'ai ma petite idée sur le moyen de l'approcher… déclara-t-il avec un ton plus mystérieux qu'il ne l'aurait souhaité.

Manon lui tendit un papier :

— OK, alors voilà son adresse et son numéro de téléphone. Et derrière il y a l'adresse des deux gars dont tu m'as parlé, Pierre Mertince et Pablo Noguiera.

— Tu es parfaite ! dit-il en se levant, lui faisant une bise sur le front. Allez, c'est ma tournée !

Tandis qu'il se dirigeait vers le comptoir, Manon tourna immédiatement le regard vers Paul. Celui-ci ne disait rien mais elle le connaissait par cœur, elle savait très bien comment interpréter son expression.

— Qu'est-ce que j'y peux, moi ! protesta-t-elle. Tu ne l'as pas entendu au téléphone, il ne m'a pas laissé le choix ! Impossible de lui refuser ce coup de pouce...

Paul secoua la tête en gardant le silence.

— Tu le connais, quand il a une idée en tête... se défendit-elle.

— T'as vu sa joie quand tu lui as donné les adresses, on aurait dit que c'était Noël. Je me méfie des prochains cadeaux qu'il va trouver sous le sapin, ça pourrait l'anéantir...

Lorsqu'Émile revint, déposant les deux bières et le verre de Suze sur la table, il remarqua immédiatement les visages fermés de ses deux amis. Il ne lui fallut rien d'autre que les trois rides d'anxiété sur le front de Paul et l'air faussement innocent de Manon pour comprendre.

— Je sais que c'est une connerie, fit-il d'un ton solennel en s'asseyant, mais j'ai envie d'aller au bout. Quelqu'un a essayé de me dire quelque chose sur cette vitrine et...

— C'est peut-être un gamin qui a appris ton passé et qui a voulu t'emmerder ! l'interrompit Paul.

— Et le dossier d'enquête, c'est aussi un gamin qui l'a posté dans ma boîte aux lettres ?

— On ne veut pas te retrouver de nouveau en miettes si tu te heurtes à un mur... ajouta Manon.

— Je suis déjà en miettes, Manon, depuis dix-neuf ans, depuis cette nuit de 1999.

— Ne dis pas ça... répliqua Paul avec un air désolé.

— S'il y a une chance que j'en apprenne un peu plus sur cette nuit-là, je ne veux pas la laisser passer. Je veux comprendre ce que cette personne a essayé de me dire en me demandant de chercher qui est « J », je veux savoir qui se cache derrière cette initiale. Alors plutôt que d'être contre moi, asséna Émile en plantant ses yeux dans ceux de ses amis, j'aimerais que vous soyez à mes côtés dans cette nouvelle épreuve. Parce que quoi qu'il arrive, avec ou sans vous, j'irai jusqu'au bout.

Paul baissa les armes et posa une main rassurante sur l'épaule d'Émile :

— Bien sûr qu'on est avec toi Émile, ce n'est pas ce qu'on veut dire...

Manon pointa un doigt vers Paul.

— Ah, tu vois, tu viens de te faire avoir aussi ! C'est exactement ce coup-là qu'il m'a fait au téléphone ! Personne ne peut résister à ça, il joue sur notre culpabilité, le salaud !

Paul sourit, s'avouant vaincu. Mais derrière ce sourire on pouvait voir défiler les souvenirs de ces années de parloir terrifiantes vécues aux côtés d'Émile, à l'heure où il affirmait encore être innocent. Paul se rappelait avoir vu son ami se métamorphoser en quelques mois, il avait vu ses pupilles changer de couleur, être envahies d'un noir bien plus profond et bien plus sombre.

Aujourd'hui, en regardant son ami avec un sourire de façade, Paul songeait qu'il n'aurait plus les épaules pour revivre ça.

*

* *

Émile patientait en écoutant une musique d'attente, le téléphone greffé à l'oreille. Après s'être assuré que le numéro sur la carte de visite de Sandra concordait avec celui indiqué sur le site internet du journal, il avait décidé d'appeler. L'enchaînement des événements, en faveur de la journaliste, lui avait fait oublier cette simple vérification.

L'hôtesse d'accueil lui passa quelqu'un d'un autre service, qui lui passa une autre personne. Au bout de plusieurs minutes, une éternité avec cette interprétation médiocre de Mozart qui lui vrillait l'oreille, il tomba enfin sur un membre de la rédaction :

— Oui bien sûr, Mme O'Neill travaille chez nous. Pourquoi, vous avez un problème ? s'enquit l'homme en décelant une préoccupation dans la voix d'Émile.

— Non, absolument pas, mais comme elle m'a contacté pour faire un portrait, je voulais juste m'en assurer. On n'est jamais assez prudent.

— Ah oui oui, elle nous a parlé de son projet. Son idée est bonne. Faire un portrait sans jugement de quelqu'un qui... Enfin d'un...

L'homme se rendit compte de ce qu'il était en train de dire et se mit soudain à bégayer, dos au mur. Émile, consterné face à ce genre de réactions qu'il avait trop souvent vécues, lui asséna d'un ton d'une sécheresse caniculaire :

— D'un tueur, c'est bien ça, oui.

L'homme se confondit en excuses, ce qui eut pour effet d'empirer les choses.

— Pardon, ce n'est pas ce que je voulais dire. Enfin si, mais c'est juste que...

C'était toujours le même manège mais Émile peinait à s'y habituer. Toujours ce flottement dans la voix de ses interlocuteurs, toujours ces regards qui fouillaient le sien quand se trouvait face à lui quelqu'un qui connaissait son passé. Parfois une pointe de fascination, parfois un profond dégoût. Même près de vingt ans plus tard, les turbulences de cette nuit-là se faisaient encore ressentir. Cela durerait certainement jusqu'à son dernier souffle.

Il raccrocha et composa le numéro de Sandra dans la foulée.

— J'aurais besoin que tu me rendes un service, lui dit-il. Est-ce que tu pourrais aller interroger Étienne Bevillon ?

Elle accepta tout de suite, et il sentit dans sa voix l'expression de quelqu'un qu'on vient de surclasser en première dans un avion. Émile n'était pas dupe, sans savoir réellement quelle était la part de manipulation, il avait la certitude que Sandra n'était pas juste une altruiste au grand cœur, elle voyait dans tous ces événements une opportunité de nourrir son article, d'explorer les méandres de son sujet, d'obtenir des points de vue extérieurs sur son histoire. Lors d'une de leurs entrevues, il avait d'ailleurs appris qu'elle avait tenté d'interviewer ses parents, mais que ceux-ci avaient refusé. Face à sa bonne foi, Émile n'avait pu s'indigner. La franchise est le plus désarmant des boucliers.

Sandra se serait donc sûrement octroyé seule le droit de contacter Étienne, l'ex-mari de Louise, mais le coup de fil d'Émile venait de lui simplifier sérieusement la tâche. Toutefois, cela lui convenait, ils couraient après la même chose, tous deux voulaient, autant que préciser les circonstances de cette soirée de 1999, en comprendre les rouages, afin de combler le vide sidéral qu'avait laissé cette petite heure oubliée.

PASSÉ

C'est quelques semaines plus tard, lors d'une fête d'Halloween organisée par son avocate, dont Émile était devenu l'ami à défaut de devenir l'amant, qu'il engagea la discussion avec cette femme aux yeux d'un bleu si perçant qu'ils relayaient son superbe décolleté au rang de simple banalité. Ses cheveux châtain clair, coupés en carré plongeant, donnaient une perspective parfaite aux traits fins de son visage. Elle lui avoua détester autant que lui les soirées déguisées. Émile tomba amoureux instantanément. Il lui avait fallu attendre quarante-quatre ans pour tomber amoureux en une seconde. Drôle de ratio.

Des heures durant, plus rien de ce qui les entourait ne compta. Deux morts-vivants qui refaisaient le monde en riant au milieu de squelettes enivrés. Il fallut une concentration délirante à Émile pour ne pas fixer ses lèvres quand elle lui parlait. Il devait sans cesse s'efforcer de détourner les yeux, comme on évite de regarder le soleil pour ne pas se brûler la rétine. Malgré l'alcool, Émile était en parfaite maîtrise de son mensonge. Il était tellement rodé sur l'imposture de sa dernière décennie, il en parlait avec tant de vraisemblance, que cela confinait à la mythomanie. Quelquefois d'ailleurs, constatant qu'Émile ne parlait plus jamais de ses années de prison, Manon et Paul s'étaient interrogés : savait-il encore réellement faire la part des choses ? Son déni ne s'était-il pas emparé du mensonge pour en faire son refuge ?

Mais il fallait ne pas avoir connu la prison pour croire qu'on puisse l'oublier ainsi, il fallait être en dehors de l'agitation quotidienne qui agitait le cerveau d'Émile, il fallait se laisser prendre au jeu du masque social qu'il maniait avec dextérité. Car en chaque instant, en chaque geste, Émile pensait à cette nuit de 1999. Même face à cette femme dont il venait de tomber amoureux, ce soir de 31 octobre, il n'avait pu s'empêcher de remarquer le verre de Get 27 qu'un type s'était servi à côté de lui, son odeur agissant dorénavant sur lui comme un répulsif. Il n'avait pu s'empêcher de repérer les bas écrus que portait cette jeune femme à l'autre bout de la pièce. Il n'avait pu s'empêcher d'avoir un pincement au cœur en voyant « 23 h 31 » s'afficher sur son téléphone, heure précise à laquelle il était arrivé à la soirée treize ans plus tôt.

Et désormais, maintenant que les lèvres de cette femme accostaient doucement les siennes, il ne pouvait s'empêcher de songer que cela faisait une éternité qu'il n'avait pas approché une femme de si près. Cela lui donna le tournis, il dut réfréner un mouvement de recul. C'était inespéré, quelques mois à peine après sa sortie de prison, le destin lui tendait une perche providentielle pour remettre les compteurs à zéro.

Cependant, sans le savoir, cette femme était sur le point d'embrasser un tueur. Un tueur de femmes qui plus est. Au moment le plus inopportun, le cerveau d'Émile se mit de nouveau à turbiner : pourrait-elle lui en vouloir un jour de ne pas avoir dévoilé son passé sur-le-champ ? En même temps, pouvait-il réellement faire cela, dans le contexte de ce rapprochement fortuit ? Son mensonge n'était-il pas sa seule et unique chance de réinsertion ?

Émile se trouva ridicule de tergiverser alors qu'une femme l'embrassait, que son cœur battait à tout rompre, et qu'il pouvait sentir le sien tambouriner dans sa poitrine tant elle se serrait contre lui. Il verrait plus tard, pour les détails administratifs. Même s'il savait pertinemment que mettre la poussière sous le tapis, c'était l'assurance de se retrouver avec un monticule d'immondices un jour ou l'autre.

Quand les lèvres de cette femme se détachèrent des siennes et qu'il rouvrit les yeux, ses angoisses avaient fondu comme une glace menthe-chocolat en plein soleil.

— Au fait, je m'appelle Jeanne, annonça-t-elle en souriant.

PRÉSENT

Émile roulait depuis des heures, il ne savait pas précisément combien. Il détestait toujours autant regarder les montres ou les horloges, encore un stigmate de ses années de prison. Tout ce qu'il savait, c'est qu'il faisait nuit quand il était parti, et jour à présent. Il avait entré l'adresse de Pierre Mertince sur le GPS de son téléphone, branché sa musique sur les haut-parleurs de la voiture, et roulé en tentant d'oublier le stress que sa destination lui procurait.

Pour se détendre, Émile essaya de régler sa vitesse sur le défilement des poteaux électriques afin qu'ils se synchronisent parfaitement avec le rythme de la chanson qu'il écoutait. Quand il réussit enfin la manœuvre, chacun d'entre eux sembla se mettre à battre la mesure avec ferveur. Un orchestre à ciel ouvert. Émile adorait ce genre d'astuces qui détenaient un pouvoir précieux : celui de l'empêcher de réfléchir, le temps de quelques secondes.

Cela faisait des années qu'il n'avait pas pensé à lui, mais ce détail remémora à Émile ses fous rires avec son codétenu Héritier en tentant le même genre d'expérience : ils coupaient le son de la télévision de leur cellule et lançaient la radio en parallèle. Pendant de longues minutes, ils tentaient de trouver la synchronisation la plus parfaite entre l'image de l'une et le son de l'autre, jusqu'à réussir des associations invraisemblables. Quand la magie opérait, que le son d'un débat politique coïncidait avec un dessin animé, ou qu'un reportage animalier se transformait en journal télévisé, on pouvait entendre les éclats de rire d'Héritier et Émile jusqu'à l'extérieur de la prison.

Émile eut un sourire aux lèvres en se souvenant de cette anecdote, qu'il se surprit à qualifier de bon souvenir. Qu'était devenu Héritier ? Avait-il une femme ? Des enfants ? Leur avait-il parlé de son passé ou l'avait-il enfoui lui aussi ?

« Vous êtes arrivé ! » aboya la voix irritante du GPS, sortant Émile de ses pensées.

La bâtisse qui se dressait devant lui était plutôt modeste mais parfaitement entretenue. Les maisons qui l'entouraient lui ressemblaient à s'y méprendre, mais chacun des propriétaires avait changé un détail, comme pour affirmer son identité propre. Celui-ci avait ajouté un portail en métal, celui-là avait cloisonné le garage et l'avait aménagé en pièce supplémentaire, et cet autre voisin avait planté un arbre sur le carré de pelouse qui précédait sa maison. On se serait cru dans un jeu des sept erreurs grandeur nature, à tel point qu'Émile vérifia plusieurs fois le nom sur la boîte aux lettres, pour être sûr de ne pas se tromper d'adresse.

Sur la route, Émile avait réfléchi aux différentes manières d'aborder cette rencontre et de se présenter, mais aucune des options qu'il avait envisagées ne l'avait convaincu.

Maintenant qu'il était devant la porte et avait appuyé sur le bouton de la sonnette, il ne lui restait que l'instinct. Ses talents d'improvisation furent immédiatement mis à rude épreuve, car c'est une femme qui vint lui ouvrir.

— Oui ? lâcha-t-elle, pressée.

— Pardonnez-moi de vous déranger, est-ce que je suis bien chez M. Mertince ?

— Et sa femme, oui... fit-elle, l'air de demander ce qu'on lui voulait.

— Puis-je lui parler ?

— C'est à quel sujet ?

— Au sujet d'une vieille connaissance en commun.

— Je... Entrez, finit-elle par dire. Il est en train de se préparer pour aller au travail, asseyez-vous, je vais l'appeler.

Émile s'étonna de constater qu'il fût aussi simple de pénétrer chez les gens. Il connaissait les différentes techniques que les arnaqueurs utilisaient pour s'introduire chez quelqu'un, il avait d'ailleurs hésité à se procurer une veste EDF, à se munir d'un calepin avec la mention « ministère de l'Intérieur » ou encore à clamer qu'il venait de la part d'un voisin dont il aurait relevé le nom sur sa boîte aux lettres, mais il n'avait eu besoin d'aucune manipulation pour atteindre l'antre de Pierre Mertince. On lui avait ouvert la porte en grand sans rechigner.

Il s'assit sur le canapé disposé face à un mur auquel était fixée une énorme télévision et observa le salon dans le moindre détail, comme si quelque chose allait soudainement éclairer ses recherches. C'était un intérieur sombre et peu chaleureux. À la simple vision de leur décoration, s'il n'avait pas rencontré la femme quelques secondes auparavant, Émile aurait facilement donné vingt ans de plus à ce couple. Ce salon reflétait tout ce qu'Émile avait toujours fui, ça sentait le ronron à plein nez, tout était trop à sa place et manquait terriblement de vie. Les chaussons disposés à côté du fauteuil lui donnèrent la nausée, il avait l'impression d'évoluer dans une dimension parallèle à la sienne. Pourtant rien, dans l'attitude de l'homme qui venait de faire son entrée dans le salon, ne laissait entrevoir une quelconque détresse. Il semblait même heureux de vivre. Saisissant.

— Alors comme ça, nous avons une connaissance en commun ? s'enquit-il en tendant la main pour le saluer.

Émile décida d'entrer subitement dans le vif du sujet, pour voir la réaction dans les yeux de Pierre Mertince :

— Oui, Louise. Louise Bevillon, annonça-t-il.

Aucune réaction sur le visage de son interlocuteur. Absolument aucune. L'homme sembla chercher dans ses souvenirs, puis il finit par osciller de la tête d'un air désolé :

— Inconnue au bataillon, vous devez faire erreur…

— Vous avez échangé des textos avec elle pendant quelques mois, alors qu'elle était en couple avec Étienne Bevillon, son mari, ajouta Émile.

Il avait dit ces mots très calmement, sans une once d'agressivité, mais avait fait sonner chacun d'eux pour qu'ils atteignent correctement leur cible. Il n'énonça pas à voix haute le caractère érotique des textos, lui tendant simplement les photocopies des échanges qui avaient été joints au dossier d'enquête dix-neuf ans auparavant.

— Vous devez me confondre avec…

En lisant les messages, très crus pour quelques-uns d'entre eux, Pierre Mertince s'interrompit.

— C'est assez rare, mais vous n'avez pas changé de numéro de téléphone depuis, trancha Émile, de façon un peu plus sèche cette fois.

À cet instant, la femme de Pierre Mertince passa devant eux, et alla s'asseoir dans la cuisine attenant au salon. Elle s'affairait au tri de papiers administratifs, l'arrivée d'Émile l'avait interrompue. D'où ils étaient, seul celui-ci pouvait l'apercevoir dans la pièce voisine, à travers l'entrebâillement de la porte. Mais si son mari ne la voyait pas, il devinait sa présence, et il savait combien la fine épaisseur des cloisons ne suffirait pas à filtrer leur discussion.

Émile vit quelque chose se tendre sur la figure de Pierre Mertince, quelque chose d'imperceptible mais qui ne lui échappa pas, tant tous ses sens étaient en éveil. Il comprit que la présence de l'épouse dans la pièce d'à côté avait ajouté un as dans sa main. C'était lui qui menait le jeu à présent.

— Qui êtes-vous ? murmura Pierre.

— Je m'appelle Émile Verdon.

La réaction qu'espérait provoquer Émile en prononçant son nom n'eut pas lieu. Émile ne comprenait pas, comment était-ce possible ? Comment pouvait-il ne pas avoir eu vent du procès et de son nom, alors qu'il fréquentait Louise juste avant qu'elle ne meure ?

— Qui que vous soyez, je ne vous autorise pas à venir chez moi et à raconter des conneries pareilles…

Le ton était soudain monté d'un cran, ce qu'Émile jugea comme un bon signe.

— Vous avez entretenu une relation intime avec Louise pendant quelques mois de l'année 1999, ces textos le prouvent. C'était il y a dix-neuf ans, pourquoi le nier si vous n'avez rien à vous reprocher ?

— Sortez ou j'appelle la police ! menaça l'homme, en ébullition.

Émile tourna les yeux vers la femme de Pierre Mertince, dans l'autre pièce. Elle le regardait et n'avait pas raté un mot de leur discussion. À ce moment, un jeune homme de trente ans environ, les cheveux en bataille et la marque de l'oreiller encore imprimée sur la joue, descendit l'escalier.

— Qu'est-ce qui se passe ? Besoin d'aide, papa ? dit-il.

— Non… Ne t'en mêle pas Jonathan…

Un rapide calcul mental fit tressaillir Émile. Si ce Tanguy avait trente ans environ, cela signifiait qu'en 1999, il avait déjà dix ans. Émile comprit toute l'ampleur des révélations qu'il venait de faire.

— J'ai dû me tromper de Mertince. Je suis vraiment confus ! lança alors Émile, comme une bouteille à la mer.

Il reprit le dossier qu'il avait posé devant lui sur la table et se leva à la hâte. Mais quand il croisa le regard de Mme Mertince, qu'il était toujours le seul à apercevoir à travers l'entrebâillement de la porte, Émile comprit qu'il était déjà trop tard, le mal était fait. Elle avait compris que son mari l'avait trompée vingt ans plus tôt, sa mâchoire serrée et ses yeux rougis le prouvaient.

Le temps était suspendu, chacun des protagonistes semblait se demander comment se sortir de cette situation. Il y eut un silence de quelques secondes.

C'est Mme Mertince qui remit le film en action. Émile la vit essuyer une larme puis, très calmement, elle enfila les écouteurs reliés au téléphone qui se trouvait sur la table devant elle. Elle se leva sans hâte et marcha dans sa direction. Le caractère tragique de la scène lui donna soudain beaucoup d'allure, comme à ces acteurs qui paraissent minables dans la vie mais qui, une fois sur scène ou sous la lumière d'un projecteur, deviennent subitement rayonnants et charismatiques.

Quand elle passa l'embrasure de la porte du salon, Émile fut stupéfait de ne plus voir aucun vestige de tristesse sur ses joues. Il se demanda même s'il n'avait pas rêvé tant cela l'impressionna. Elle ôta nonchalamment l'un des écouteurs de ses oreilles et feignit un air interrogateur :

— Tu m'as appelée, chéri ? Désolée, j'écoutais ma musique et je ne t'ai pas entendu, fit-elle.

Elle regarda, faussement étonnée, la scène qui s'était figée devant elle, puis ajouta :

— Tu voulais me dire quelque chose ?

— Non non, pas du tout. Monsieur s'est tout bonnement trompé de Mertince ! répondit-il, peinant à cacher son soulagement. Il s'apprêtait à partir et voulait te saluer.

— Je m'excuse pour le dérangement, dit poliment Émile, sans que ni lui ni Mme Mertince ne laisse paraître quoi que ce soit du secret qu'ils partageaient.

Elle lui serra la main, remit ses écouteurs et retourna s'installer dans la cuisine. En une fraction de seconde, la scène avait repris des allures absolument normales. Jonathan était remonté mollement dans sa chambre, Mme Mertince avait repris son tri. Pierre Mertince, aveugle aux manipulations de sa magicienne de femme, était saisi par le miracle qui venait de le sauver.

Il ne le saurait jamais, mais sa femme lui faisait ainsi une déclaration d'amour extraordinaire. Elle venait de passer l'éponge sur l'infidélité qu'Émile lui avait révélée par mégarde. En faisant ressurgir à l'improviste le prénom de Louise dans la vie de Pierre Mertince, Émile venait de remettre en question l'équilibre de ce couple. Même dix-neuf ans plus tard, Louise continuait à influer sur l'existence de tous ceux qui avaient un jour croisé son chemin.

Mais Mme Mertince venait de faire front, elle avait choisi de ne pas vaciller sous les révélations inopinées d'Émile. En un éclair, elle avait choisi la prescription, elle avait préservé son couple, elle avait favorisé l'équilibre de sa famille. Elle avait choisi le secret. Mais jusqu'à quand subsisterait-il ? Émile était bien placé pour le savoir, les secrets n'existent que pour une seule et unique raison : être révélés un jour.

En serrant la main de Mertince, il y déposa un papier sur lequel il avait griffonné son numéro de téléphone :

— Rejoignez-moi dans quelques minutes, lui dit-il tout bas.

Quand il s'assit dans la voiture d'Émile, garée un peu plus loin, Pierre Mertince était encore abasourdi par la scène qu'il venait de vivre.

— Vous êtes complètement malade ! dit-il immédiatement, d'une voix chevrotant de colère. Qu'est-ce qui vous permet de venir chez moi remuer la merde comme ça au bout de vingt ans !

C'est un autre homme qu'Émile découvrit devant lui. Aucun rapport avec le masque qu'avait exhibé Mertince quelques minutes auparavant. Il était tremblant, nerveux, il suait. Émile mesura alors la pression que l'homme avait dû contenir pour ne pas craquer devant sa femme et son fils.

— Je suis désolé, je ne pensais pas que vous étiez déjà avec votre femme à cette époque...

— Eh ben pensez, à l'avenir !

L'homme ajouta en se prenant le visage entre les mains :

— Je l'ai trompée une fois, une fois en trente ans ! Et il faut que ça me retombe sur la gueule maintenant… C'est incroyable que je sois sorti indemne de cette situation, putain, incroyable…

Émile culpabilisa. Devait-il lui parler de l'abnégation dont sa femme venait de faire preuve ? Devait-il le prévenir pour qu'il crève l'abcès immédiatement avant qu'il s'infecte ? Devait-il partager avec lui son expérience sur la question ?

Il n'en fit rien, décidant de respecter le choix de Mme Mertince. Après tout, c'était elle la victime, c'était à elle de choisir.

Il s'apprêtait à engager son interrogatoire quand l'homme dit une phrase qui coupa immédiatement court à tous ses espoirs d'avancer :

— C'est Louise qui vous envoie ?

Émile bloqua sur les motifs Tintin de la cravate rouge de Mertince, constatant que son bon goût le suivait visiblement tout au long de la journée.

— En quelque sorte oui… souffla Émile, presque pour lui-même.

— Elle est culottée, elle ne m'a plus répondu du jour au lendemain et elle vient me faire chier vingt ans plus tard, c'est absurde !

Pierre Mertince avait pris le silence de Louise pour un caprice, il n'avait jamais envisagé sa mort. C'est pour cette raison que le nom d'Émile ne lui disait rien, il n'avait absolument pas eu vent du drame qui avait scellé le destin de son amante ni du procès qui s'en était suivi.

— Pourquoi vous envoie-t-elle aujourd'hui ? insista-t-il.

Au fond, Émile se posait la même question que lui, il se retrouvait face au même mystère. Il hésita : était-il nécessaire de lui dire qu'elle était décédée ? Ne pouvait-il lui épargner cette annonce ? Et puis l'avertir de sa mort, Émile le savait, signifiait également lui en révéler les circonstances, et sa propre implication. Il se laissa le temps de la réflexion en répondant par une question :

— Pourquoi n'avez-vous pas protesté lorsqu'elle a arrêté de vous répondre ? Les relevés de vos discussions par SMS ne font état d'aucune relance quand elle a disparu de votre vie, d'aucun agacement. C'est étrange…

— Si vous voulez tout savoir, je n'étais pas son seul amant ! Elle avait son mari, mais pas seulement. Elle avait deux autres amants que moi. Je me suis dit qu'elle avait choisi l'un de ces deux autres gars. Et puis j'avais ma vie… J'ai pris son départ comme un signe, ça m'a remis dans le droit chemin.

À son intonation, Émile décela une amertume encore présente, une blessure d'ego qui ne s'était jamais totalement refermée, et que l'homme avait ruminée des années durant sans pouvoir la partager avec qui que ce soit, de peur que son infidélité ne soit découverte. Poser des mots sur cette humiliation semblait lui faire du bien, on eût dit qu'il se délestait à mesure qu'il parlait.

Mais alors qu'Émile n'espérait plus grand-chose de cette entrevue, il venait d'apprendre un élément nouveau qui avait allumé une étincelle dans ses yeux.

— Vous n'étiez donc pas deux amants, mais trois... dit-il. Comment pouvez-vous l'affirmer ?

— Elle était très douée pour mener les hommes par le bout du nez. Elle me montrait régulièrement les textos de l'un d'eux pour me prouver qu'elle était libre, qu'elle n'appartenait à personne, ce genre de conneries. Mais en fait c'est juste une sacrée garce, vous savez !

Émile sursauta quand Mertince utilisa, pour évoquer Louise, un temps présent qui ne lui appartenait plus depuis longtemps.

— Comment s'appelaient-ils ? reprit-il.

— Pourquoi vous me posez toutes ces questions ?

— Moins vous en saurez, mieux vous vous porterez, croyez-moi, bluffa Émile. Répondez juste à mes questions et vous avez ma parole que vous ne me reverrez plus jamais.

— Un certain Pablo. Je m'en souviens, parce que c'était « Pablo imprimeur Nantes » qui s'affichait sur son écran quand elle recevait ses textos. Ça m'avait marqué, elle faisait exprès de lui répondre même quand on était en train de... Enfin, vous voyez quoi. On s'était engueulés à cause de cet imprimeur.

— Pablo Noguiera, murmura Émile pour lui-même, presque content de vérifier ce deuxième nom qu'il avait entouré sur le rapport d'enquête.

Le portrait que Pierre dressait de Louise n'était pas beaucoup plus flatteur que celui qu'Émile avait découvert lors de son procès. À la mauvaise mère s'ajoutait désormais une femme manipulatrice et nymphomane.

— Et le troisième homme ? pressa Émile.

— Celui-là elle ne m'en a pas parlé, je suis tombé un jour sur une lettre qu'il lui avait envoyée, il avait l'air complètement accro.

— Une lettre qui disait quoi ?

— Je ne me souviens plus précisément, des envolées lyriques du style « je t'ai dans la peau », « tu me manques mon amour », ce genre de conneries. Bon, c'est terminé ? s'impatienta-t-il.

— Une dernière question : vous vous rappelez si la lettre était signée ?

— Oui, elle l'était.

Mertince n'avait pas conscience de l'impact de chacun de ses mots sur son interlocuteur. En l'entendant, Émile avait l'impression de faire chaque fois un pas de plus vers un précipice. Chacune de ces réponses lui donnait l'impression d'un vertige et lui soulevait le cœur.

— C'était signé de la lettre J.

Émile se sentit soudain comme face à un puzzle monochrome dont il assemblait les pièces une à une, le cœur battant. Et même si ce puzzle était loin d'être terminé, quelques-uns des morceaux de carton formaient déjà un coin de la vérité.

*

* *

Sandra venait à peine de s'asseoir face à lui, dans la lumière rose de son camion à glaces, qu'Émile la questionnait déjà, sans même prendre le temps de lui raconter son entrevue de la veille avec Pierre Mertince. Car Sandra venait de passer chez Étienne Bevillon, l'ex-mari de Louise. Elle en avait profité pour caler sa nouvelle entrevue avec Émile dans la foulée, une journée plus tôt que d'habitude.

— Je n'ai même pas pu passer son pas de porte, il ne m'a pas laissée entrer, annonça Sandra.

— À ce point ?

— Oui…

— Tu n'as rien pu lui dire ? insista Émile.

— Juste le temps de lui glisser que j'étais journaliste, que je faisais un article sur l'affaire Louise Bevillon et que j'aurais aimé avoir quelques mots de sa part. Il m'a immédiatement claqué la porte au nez, avec violence !

Émile pesta, sa déception était abyssale.

— Il avait l'air malade, le teint blême, extrêmement maigre. Et il se déplace en chaise roulante, ajouta Sandra.

— Le pauvre, il n'a pas été épargné par la vie…

— Tu ne crois pas si bien dire… J'ai insisté, frappant à la porte en disant que je cherchais à contacter sa fille. Il a fini par entrouvrir, après avoir mis la chaîne de sécurité, et il m'a dit : « Elle est morte il y a longtemps, laissez-moi tranquille. » J'ai tenté de lui demander comment, mais il a de nouveau refermé et m'a menacée d'appeler la police si je restais devant chez lui.

— Merde...

Émile accusa le coup. Des images qu'il ne put contrôler affluaient déjà dans sa tête. Il revoyait la petite fille, pleine de vie, ses sourires incessants. Il se la figurait encore s'agitant sur les genoux de son père, et troublant parfois les audiences de ses éclats de rire. Cette petite fille aux boucles blondes et aux grands yeux bleus n'était donc plus... L'information était insoutenable, et Émile ne put s'empêcher de s'octroyer la responsabilité de cette mort-là aussi, incapable de se retenir de penser que son geste fatal avait, par ricochet, également tué la petite fille quelques années plus tard. Avait-elle sombré dans l'alcool ? S'était-elle suicidée à l'adolescence, en se découvrant une enfance gâchée et un père éteint ?

Une catastrophe qui en entraîne un autre, encore, et encore, et encore, et ce dans un mouvement infini qui, plutôt que de l'hypnotiser, anéantissait Émile chaque jour un peu plus.

— Je suis désolée, je n'ai pas été d'une grande aide, dit Sandra en voyant l'orage se former dans le regard d'Émile.

— Ces informations apportent plus d'éclairages que tu ne le crois, murmura-t-il en secouant la tête pour chasser les images qui lui tournaient autour comme une guêpe. Maintenant, on sait que la petite est décédée. Elle devait avoir dix-huit ans environ, son père a publié cette photo d'elle sur Facebook avec un smiley triste en 2014.

— En effet…

— Qu'il soit en chaise roulante signifie aussi qu'il ne peut avoir tagué ma vitrine car j'ai vu des traces de pas dans la boue devant mon magasin ce jour-là.

— Pas faux !

À son tour, Émile raconta à Sandra sa maladresse de la veille chez les Mertince. La scène qui s'était jouée entre la cuisine et le salon lui paraissait plus surréaliste encore avec le recul. Il revoyait le regard de Mme Mertince planté dans le sien, et les profondeurs insondables de la tristesse qu'il avait pu y lire.

— Oh merde… Oooh merde ! répétait Sandra, en éclatant de rire.

— J'ai peut-être flingué ce couple. Horrible… dit-il, encore sous le coup de sa méprise.

Malgré les nuages noirs qui emplissaient sa boîte crânienne, il s'efforça de raconter sa découverte à Sandra : l'existence d'un troisième amant que les enquêteurs n'avaient pas mentionné.

— Le fameux « J » que mon messager anonyme m'a demandé de trouver, conclut Émile.

— Bingo ! s'enthousiasma Sandra.

— Ouais, enfin ce sera bingo quand je commencerai à comprendre quelque chose à ce bordel…

Subitement, quelqu'un surgit de la pénombre et poussa un cri terrifiant. Le cœur d'Émile s'arrêta. Sandra renversa la bière qui se trouvait devant elle sur le comptoir en hurlant elle aussi. Un rire machiavélique s'imposa dans la nuit, ajoutant une dose d'horreur à la situation.

Une armée de frissons parcourut la colonne vertébrale d'Émile quand il distingua que, dans la lumière de son camion, Manon riait en se tenant les côtes, contente de son effet.

— Désolé, j'ai essayé de l'en empêcher, ajouta Paul, apparaissant à son tour.

Sandra et Émile étaient encore tétanisés, deux lapins pris dans les phares d'une voiture.

— C'était trop tentant ! s'exclama Manon, écroulée.

Émile avait totalement oublié qu'il avait proposé à ses deux amis de passer. Quand il reprit ses esprits, alors que la bière renversée dégoulinait encore le long du comptoir, il fit les présentations. D'une poigne ferme et chaleureuse, Sandra leur serra la main.

Pendant les minutes qui suivirent, Émile resta silencieux en les observant discuter. Sans qu'ils en aient réellement conscience, Émile, Manon et Paul composaient un cercle très fermé qu'il était difficile de pénétrer. Jeanne et Claire, la femme de Paul, avaient d'ailleurs souvent raconté leur peine à se sentir intégrées à ce trio, à passer le cap de la pièce rapportée. Mais le naturel de Sandra créa tout de suite une alchimie positive. Quelqu'un qui aurait observé la scène aurait pu croire qu'ils étaient amis de longue date.

— Vous savez qu'il est impossible de toucher son coude avec sa langue ? lança Paul.

Encore une fois, son petit jeu favori venait de faire mouche, chacun d'entre eux se tortillant déjà pour tenter de contredire cette loi anatomique. Émile soupçonnait Paul d'utiliser ce genre de subterfuge pour contrecarrer sa timidité. Comme un adulte qui sort des sucreries pour s'attirer la sympathie des enfants, les Kinder de Paul étaient un moyen imparable de créer un lien immédiat sans avoir à braver son appréhension de l'autre. Émile ne pouvait que constater chaque fois l'implacable succès de la manœuvre.

Quand la discussion en vint au portrait que Sandra était en train d'écrire, elle ne se départit pas de la franchise qu'Émile lui connaissait :

— Je trouve son histoire singulière, dit-elle. Émile est un sujet vraiment passionnant pour un portrait.

— Passionnant oui, une vraie bête de foire… ironisa Manon, qui semblait un brin agacée par le ton qu'employait Sandra.

— Au contraire, je trouve que son histoire incarne quelque chose de très humain, et c'est précisément ce qui m'intéresse.

Les occasions de parler si ouvertement de son passé entre amis étaient rares, et cela permit à Émile de réaliser que son rapport à son histoire changeait. Le poids de la vérité était moins lourd à porter que celui du secret, il en était dorénavant convaincu.

Sans se démonter, Sandra tendit deux cartes de visite et un stylo à Manon et Paul.

— Si ça ne dérange pas Émile, et si vous êtes d'accord, j'aimerais vous poser quelques questions pour mon article. Si vous pouviez me noter votre numéro de téléphone et votre adresse, ce serait parfait. On pourrait se voir… ajouta-t-elle en étudiant déjà son agenda, jeudi par exemple ?

Sans même leur laisser le temps de répondre, elle enchaîna :

— Jeudi dix-neuf heures pour vous, Manon, et jeudi vingt heures pour vous, Paul, ça vous va ? Tenez, si vous pouvez me le noter à côté de vos numéros pour que je n'oublie pas, ce serait parfait.

Le bagout de la jeune femme forçait le respect. Elle avait obtenu l'accord des deux amis d'Émile sans même qu'ils aient pu placer un mot.

PASSÉ

Jeanne et Émile avaient emménagé ensemble au bout de quelques mois seulement, sans avoir eu besoin d'en discuter. L'évidence de leur rencontre avait agi comme un ciment, elle avait consolidé une relation déjà solide. Malgré tout, et c'était le paradoxe, Émile savait qu'un seul mot sur son passé suffirait à faire trembler les fondations de ce qu'ils étaient en train de construire.

Quand ils s'étaient rencontrés, lors de cette soirée Halloween, Jeanne habitait la région voisine, elle était juste de passage pour deux jours dans la ville d'Émile. Elle avait sympathisé avec son avocate la veille dans un bar, et cette dernière l'avait invitée à se joindre à la fête. À croire que le destin avait quelque peu révisé son jugement et lui donnait réparation. Émile avait fait promettre à son avocate de taire son secret, ce qu'elle avait fait volontiers.

A priori, rien ne risquait donc de le trahir, mais cela ne l'empêchait pas de vivre dans la peur que son passé ressurgisse au détour de chaque phrase, au détour de chaque discussion. Même si personne n'osait aborder ce sujet avec lui, il était toujours sur ses gardes.

Pour ne rien arranger, Jeanne était tombée amoureuse de cette ville de Normandie où Émile habitait, et il n'avait pas réussi à la convaincre de s'installer ensemble ailleurs. Alors, pour assurer ses arrières, il avait coupé les ponts avec toutes ses connaissances de l'époque, de façon radicale, définitive. Certes, son geste malheureux l'avait largement aidé dans cette mission, sabotant allègrement ses rapports sociaux, mais il n'avait rien fait pour entretenir quelque lien que ce soit avec une personne qui aurait pu connaître son passé. Il avait laissé sans réponse les quelques messages qu'il avait reçus à sa sortie de prison, il baissait la tête ou détournait le regard quand il croisait un visage familier au restaurant ou au supermarché. Il fuyait carrément quand l'un d'eux osait s'approcher de lui pour engager la discussion. Chaque fois, il justifiait sa réaction auprès de Jeanne en prétextant qu'il s'agissait de vieilles connaissances malsaines ou profondément envahissantes, et qu'il préférait ne leur laisser aucun espace pour déployer leurs filets.

Il évitait également les réunions familiales, ou s'arrangeait toujours pour y aller quand Jeanne n'était pas là. D'ailleurs, tous avaient longtemps cru qu'il cachait une homosexualité mal assumée, et Émile soupçonnait même que sa famille concevait ce rejet fantasmé des femmes comme étant le fondement de son geste meurtrier. À chaque dîner, il devait subir les allusions peu délicates d'un oncle pour sonder son intimité :

— Quand est-ce que tu nous ramènes une petite ? insistait ce dernier en faisant un clin d'œil à sa femme.

Mais cela ne contrariait pas Émile, il s'en amusait, et puis après tout cela l'arrangeait bien.

Lorsque Jeanne lui demandait pourquoi elle ne rencontrait jamais ses proches, il rétorquait qu'il n'était pas très famille. Et puis il ajoutait d'un air entendu qu'ils étaient tous assez spéciaux dans leur genre, elle ne ratait rien.

L'oncle d'Émile ne l'accabla pas longtemps de ses regards lourds de sens puisqu'il mourut quelques mois plus tard d'une rupture d'anévrisme. Quand Émile apprit son décès à Jeanne et lui annonça qu'il allait se rendre à l'enterrement, il lui fut impossible de refuser qu'elle vienne.

— Je viendrai, un point c'est tout, lui avait-elle asséné sur un ton qui ne laissait aucune place à la discussion.

Émile avait lu entre les lignes, il décelait sans peine que cette distance qu'il s'efforçait de laisser entre elle et ses parents commençait à éveiller les soupçons de Jeanne. C'est dans les silences que les monstres grandissent, Émile le savait mieux que personne. Si bien qu'envers et contre toutes les alarmes qui clignotaient dans son crâne, il dut prendre le risque inconsidéré de la présenter à sa famille.

Jeanne fit donc la connaissance des parents d'Émile. Ces derniers, tétanisés à l'idée de faire une gaffe, restèrent complètement mutiques face à elle, si bien qu'ils lui parurent très étranges. Quant aux autres membres de la famille, ils envisagèrent Jeanne avec des yeux soupçonneux, la considérant comme un alibi, une fausse compagne destinée encore une fois à sauver les apparences de sa prétendue homosexualité. Ils se montrèrent alors sous un jour qui confirmait les dires d'Émile : ils étaient tous assez spéciaux...

Comme c'était le seul accroc dans le quotidien idyllique qu'Émile partageait avec Jeanne, il cessa rapidement de culpabiliser. Aujourd'hui, il pouvait affirmer sans ciller à qui voulait l'entendre qu'il était heureux, heureux comme il ne l'avait encore jamais été. Un an plus tôt, alors qu'il dépérissait au fond de sa cellule, il n'aurait pas misé un seul centime sur ce scénario de comédie romantique à l'eau de rose qu'il était en train de vivre.

En tirant sur sa cigarette électronique, Émile regardait Jeanne s'appliquer à mettre du vernis sur ses ongles de pieds. Un nombre incalculable de niaiseries affluèrent, des mots qu'il aurait trouvés ridicules s'il les avait entendus formulés par un autre, et qui prenaient pourtant là une tournure indiscutable. Jeanne était imprévisible, insaisissable, explosive, et c'est tout ce dont Émile avait besoin pour se sentir en vie. Avec une femme comme ça au moins, il en avait la certitude, la routine ne viendrait jamais scléroser leur relation. Jamais.

PRÉSENT

Avant de se déplacer, Émile avait tenté d'appeler au domicile de Pablo Noguiera, le deuxième amant dont Manon avait griffonné l'adresse sur un bout de papier. Il avait ainsi appris, par la sœur de Pablo qui habitait désormais sa maison, que ce dernier était en prison depuis deux ans. Émile avait alors envoyé une demande de visite à l'établissement pénitentiaire et le parloir avait été accepté par le directeur et par Pablo lui-même.

En pensant au coup de pouce de Manon, qui avait considérablement accéléré son processus de recherche, Émile eut une idée qu'il détesta envisager, mais qui envahit soudain le moindre espace de son cerveau : et si cette lettre « J » était bien moins mystérieuse qu'il n'y paraissait ? Et si ce « J » n'était autre que l'initiale du prénom de Jérémy, le petit frère de Manon ? C'était une option plus que plausible : il était présent le soir du meurtre, et puis il avait toujours été très étrange avec les femmes selon les dires de Manon elle-même. Il aurait suffi qu'il s'introduise dans la pièce pendant qu'il était inconscient et… Émile secoua la tête. Il fallait qu'il se calme, qu'il respire, qu'il reprenne son sang-froid. Dans l'état où il était, il aurait pu considérer son propre père comme étant le troisième amant. Émile écarquilla les yeux :

— « J » comme… Jacques !

Il se força à stopper net cette idée avant qu'elle ne prenne une forme trop concrète, tant elle était absurde. La folie le guettait, ou peut-être était-ce plus vraisemblablement de la bêtise, se dit-il.

En arrivant devant la prison, il fut saisi d'un tout autre vertige. Longtemps il avait fait ce rêve qu'on venait de nouveau le chercher et qu'on l'obligeait à réintégrer sa cellule. Longtemps encore il avait dû subir dans ses songes les lamentations de son codétenu Antoine, si réelles qu'il lui fallait toujours quelques secondes au réveil pour réaliser qu'il était dans sa chambre. Pour s'assurer qu'il était bel et bien libre, il avait souvent dû vérifier, en pleine nuit, la présence de Jeanne à ses côtés dans le lit, geste qu'elle n'avait jamais compris.

Maintenant qu'il était devant la prison, Émile titubait d'angoisse. Il avait l'impression de marcher sur un fil qui reliait deux buildings, et qu'on le sommait d'avancer malgré l'absence de baudrier et les bourrasques de vent.

Chaque bruit qu'il entendit en entrant dans l'enceinte le fit vaciller. Les portes métalliques qu'on refermait sur son passage, les cris lointains d'un détenu, le brouhaha dans la salle de parloir. Aussi éveillé qu'il fût, Émile avait l'impression d'évoluer dans son cauchemar, et Jeanne lui manqua soudain terriblement. Il aurait voulu pouvoir de nouveau se retourner dans le lit et la prendre dans ses bras, pour se rendre compte dans un soupir qu'il était en train de dormir.

Au moment où il s'assit dans la petite pièce du parloir, Émile dut prendre de longues inspirations pour tenter d'apaiser son malaise. Derrière la vitre, Pablo apparut enfin, semblant se demander ce que cet homme venait chercher dans cet enfer. Il était à peine assis qu'il lança d'un air narquois :

— Salut collègue. Déjà sorti de prison ?

Le ton était lancé, et Émile sentit d'emblée qu'il devrait puiser dans ses ressources pour ne pas craquer. Contrairement à celui de Pierre Mertince, le nom de Pablo était inscrit dans la liste des gens présents ce soir-là, il était donc au courant de tout. Il fallait maintenant déterminer quel rôle il avait joué.

— J'en ai pris pour treize, dit Émile en utilisant sciemment un ton familier pour instiller une forme de connivence avec son interlocuteur.

— Tu t'en es bien sorti ! répondit Pablo.

Émile pressentit que ce tutoiement était un bon signe et décida d'en faire autant :

— Tu purges en doublette ?

— Non, ils m'ont mis dans une cellule en solo. Je préfère, personne pour me faire chier.

— Faut avoir les reins solides quand même…

— Je suis routier, enfin j'étais, avant cette merde… Alors la solitude, ça me fait pas peur.

— T'as pris pour combien ?

— Six.

Émile réfléchit, pour quoi avait-il pu tomber ? Il savait qu'il n'était pas nécessaire de lui demander, les détenus ne révélant que rarement la raison pour laquelle ils sont incarcérés. S'ils le font, peu disent la vérité.

— Si tu t'es tapé des heures de route pour venir au bagne, j'imagine que c'est pas parce que ça te manquait ? dit Pablo.

Inutile en effet de tarder à entrer dans le vif du sujet, se dit Émile, gageant que chaque seconde en moins dans cette atmosphère, c'était des points de vie en plus.

— Tu fais partie des deux amants de Louise Bevillon au moment de sa mort, lança-t-il.

Sciemment, il ne parla pas du troisième amant, pour voir si Pablo connaissait son existence.

— Tu veux savoir si j'étais avec toi quand tu l'as zigouillée ? rétorqua Pablo.

Son cynisme glaça le sang d'Émile, mais ce qui le saisit plus encore, c'est qu'il visait terriblement juste. La quête d'Émile était précisément celle-ci, trouver quelqu'un qui puisse endosser sa culpabilité, ou au moins déceler dans cette heure manquante de sa mémoire un élément extérieur qui aurait pu le pousser à un tel acte. Malgré la froideur de Pablo, Émile était rassuré de constater qu'il semblait en tout cas disposé à parler.

— Je ne t'accuse de rien... J'essaie juste d'en savoir plus sur le contexte de ce drame.

— Ça fait une conne de moins sur cette planète, voilà le contexte.

Émile décida d'ignorer sa remarque belliqueuse.

— Tu étais dans la liste des personnes présentes, fit-il. Est-ce que tu lui as parlé ?

— À peine, on était en froid.

Pablo venait de devancer la question suivante. D'après le relevé de ses discussions par textos avec Louise, on pouvait déterminer que Pablo s'était disputé avec elle pendant cette période.

— Tu ne connaissais pas Manon, l'organisatrice de la fête… Alors qui t'a invité ?

— Louise elle-même.

Émile fronça les sourcils :

— Mais… Pourquoi t'avoir invité si vous étiez en froid ?

— Ta question revient à me demander pourquoi Louise était Louise… grommela Pablo. Parce qu'elle adorait avoir son harem autour d'elle, et rendre tout ce petit monde complètement barjo.

— Tu étais le seul présent à faire partie de son harem, comme tu dis, lors de cette soirée. Son mari était absent, et Pierre Mertince, son autre amant, n'était pas convié.

— Elle se tapait une troisième personne…

Pablo laissa un silence, pour ménager son effet, puis :

— … Et cette personne était censée passer ce soir-là.

— Comment le sais-tu ?

— Parce que Louise s'est empressée de me le dire quand je suis arrivé ! Dès que j'ai su, je me suis barré, je ne voulais pas rentrer dans ses jeux pervers. Moi qui croyais qu'elle m'avait invité pour recoller les morceaux...

Pas à pas, Émile se rapprochait d'un fragment de vérité, il le sentait. Il ne laissa rien paraître mais son cœur accélérait discrètement la cadence :

— Est-ce que... est-ce que le prénom de cette personne commence par la lettre « J » ?

— Dans le mille, dit Pablo, semblant presque déçu qu'Émile connaisse son identité. Tu connais Julian ?

— Julian... répéta Émile tout bas.

La déclaration de Pablo ôta immédiatement un poids de ses épaules, mais une bonne dose de culpabilité l'envahit soudain face aux soupçons infondés qu'il avait eus à l'égard de Jérémy, le frère de Manon. Malgré tout, il préférait la culpabilité à l'effroi.

Avec le recul, le fait qu'il ait pu ne serait-ce qu'envisager cette option le fit se sentir ridicule. Sa paranoïa s'amusait avec lui comme un chat avec une souris à l'agonie. Pablo le regardait, interdit, sans comprendre ce que signifiait ce soulagement soudain. Émile ne lui laissa pas le temps de réfléchir.

— Dernière question, ajouta-t-il. Vous vous êtes disputés, ce soir-là ?

— Tu essaies encore de me mettre ça sur le...

— Non, je ne parle pas du moment où Louise est... Enfin quand tout ça s'est passé, ni même dans la pièce où ça s'est passé. Mais plus tôt, vers vingt-trois heures quarante, dans le salon principal, y a-t-il eu une altercation entre vous ?

— Tu es complètement obsédé par cette soirée, mon vieux. Détends-toi, pense à autre chose, ta vie sera plus légère, crois-moi.

Mais face à la détresse qu'il dut lire sur le visage d'Émile, Pablo laissa parler la parcelle d'humanité qu'il lui restait encore, et accorda une réponse :

— Non, il n'y a eu aucun accrochage entre nous. Quand j'ai vu qu'elle essayait encore de jouer avec moi, je suis parti sans même lui dire un mot, et je n'ai jamais rappelé cette garce.

Émile était frustré, ce n'était donc pas lui qu'il avait aperçu en train de se disputer avec Louise quand il était arrivé. Il plissa les yeux, comme si cela pouvait l'aider à se remémorer, mais la seule personne nette dans son souvenir, c'était Louise. Il s'en voulait. Si seulement il avait été moins frivole, si seulement il n'avait pas été aveuglé par ses bas écrus et sa longue chevelure, si seulement il avait porté ne serait-ce qu'un regard à la personne qui se trouvait face à elle… Il aurait aujourd'hui des réponses précieuses, et aurait pu ajouter une pièce capitale au puzzle.

*

* *

Le dictaphone était enclenché face à Émile sur la table. Sandra l'écoutait attentivement, prenant parfois des notes et cachant difficilement l'excitation que lui procuraient les nouvelles avancées de son enquête amateur. En s'écoutant parler, Émile avait l'impression d'être au cœur d'une de ces séries documentaires qu'il aimait regarder, où des journalistes se retrouvant au milieu d'une affaire en subissaient les rebondissements.

Le mystérieux « J » qu'on lui avait intimé de trouver désignait donc un certain Julian. Pablo lui avait raconté qu'il avait surpris quelques textos de ce Julian sur le téléphone de Louise, et qu'il s'agissait toujours de messages très mystérieux, ressemblant plus à des codes : « Le dossier t'attend sur le bureau, j'espère que tu vas bien », « Le compte rendu est à l'accueil, merci encore pour tout » ou bien « J'ai laissé les documents à Caroline comme convenu ». Pablo avait d'abord pensé à une correspondance avec un dealer, mais en suivant discrètement Louise après l'un de ces SMS, il avait découvert qu'elle allait chaque fois récupérer des lettres, cachées dans un buisson à côté de chez elle. Les fameuses lettres manuscrites dont Pierre Mertince lui avait également parlé. Quand il lui avait demandé, avec de la colère dans les yeux, ce que signifiait cette correspondance, Louise avait rétorqué à Pablo qu'il n'était pas le seul qu'elle fréquentait, qu'il ne fallait pas s'imaginer qu'il pourrait la posséder un jour, qu'elle était libre comme l'air. Toujours cette obsession de liberté absolue qui revenait à travers les différents témoignages. C'est ainsi que Pablo avait découvert qu'il n'était pas son seul amant. Le pauvre mari de Louise partageait sans le savoir son amour avec trois autres personnes. S'il avait découvert au procès l'existence de Pierre et de Pablo, il ignorait sûrement encore aujourd'hui la relation de Louise avec Julian.

— Pourquoi lui envoyer des lettres alors qu'il pouvait lui envoyer des textos, ça n'a pas de sens… s'étonna Sandra.

— J'avoue avoir mis un peu de temps, mais j'ai fini par comprendre.

Sandra le regardait avec un air interrogateur, pendue à ses lèvres.

— À cette époque, les SMS étaient facturés un franc par message et limités à cent soixante caractères. La fameuse époque des 33 10 !

— Bien vu… fit Sandra.

— Autant te dire que c'était beaucoup trop peu pour la verve de Julian, que m'a décrite Pierre Mertince. Des pages et des pages qui ne pouvaient pas se résumer à une dizaine de mots par texto.

— Il lui envoyait donc des SMS dont le sens importait peu, puisqu'ils avaient pour unique but de la prévenir qu'une lettre l'attendait à l'endroit qu'ils avaient choisi, résuma Sandra.

— Exactement. Par contre, ce qui m'étonne, c'est le caractère assez particulier qu'elle donnait à cette relation. Vu la manière dont elle traitait Pierre et Pablo, pourquoi laisser autant de place à cet amant en particulier ? Pourquoi lui laisser le loisir d'envoyer des lettres enflammées, alors que Louise proclamait n'appartenir à personne ?

— C'est vrai que c'est étrange, marmonna Sandra.

Soudain, Émile songea à un détail qu'il n'avait pas remarqué jusqu'alors et qui l'interpella : ce Julian ne figurait pas sur la liste des personnes présentes. Comme si personne ne l'avait vu, comme s'il s'agissait d'un fantôme. Pourtant Louise avait affirmé à Pablo qu'il serait présent. Mais les souvenirs de ce dernier étaient-ils intacts ? Sa parole était-elle seulement fiable ?

Quoi qu'il arrive, le lien entre ce Julian et la mort de Louise n'était absolument pas avéré. Un amour transi, et même un amour frustré, n'impliquait pas forcément un meurtre. Ce message écrit au stylo sur le dossier d'enquête, qui lui intimait de trouver qui se cachait derrière ce « J », était peut-être juste une fausse piste, avec la volonté farouche de le faire devenir fou, de le replonger sciemment dans des questionnements existentiels sans fin.

— Je ne vais quand même pas me mettre à chasser des fantômes... murmura Émile.

— Des fantômes ?

Émile ne répondit pas, il sentait qu'il fonctionnait au ralenti, que sa jauge était pleine. Son disque dur saturé peinait à traiter les informations dans le bon ordre. Il ne savait plus par quel bout envisager cette histoire. Il eut soudain une envie irrépressible de changer d'air, de prendre le large, de discuter avec des gens qui lui parleraient d'autre chose que de son passé, de son geste, de sa culpabilité, de cette nuit de juillet aux mille facettes. Le temps de quelques heures, il avait besoin de changer de champ lexical, de renouer avec l'Émile qu'il était avant que sa vie bascule. Et il ne voyait que deux personnes capables de ce miracle, deux seules et uniques personnes qui, plus que quiconque sur cette planète, s'abstiendraient de lui parler de son drame. Il se leva d'un bond, et lança un « Je te laisse ! » à Sandra, étonnée de cette réaction soudaine.

Émile passa chez lui, enfourna tout ce qui lui tomba sous la main dans un sac de voyage et se mit en route.

PASSÉ

Rien ne trahissait les années de vie commune qu'ils venaient de partager. Quand on les voyait évoluer ensemble, on eût dit deux adolescents tant Jeanne et Émile étaient encore animés par cette flamme qui s'étiole généralement avec le temps. Les gens s'étonnaient souvent d'apprendre qu'ils étaient déjà un vieux couple. Jeanne s'amusait d'ailleurs de la fureur que cette expression déclenchait chaque fois dans les yeux d'Émile.

Bien sûr, certaines petites habitudes avaient fait leur nid avec le temps, c'était inévitable, il eût été imbécile de le nier. Il avait fallu faire des concessions, il avait fallu s'asseoir sur certains principes auxquels il aurait été difficile de renoncer quelques années auparavant. Mais tout se faisait naturellement, dans une fluidité presque suspecte. La fougue des premiers mois faisait encore ressentir cette vibration entre eux. Une vibration vitale pour Émile, comme celle qui courait entre les fils électriques de la nouvelle maison qu'ils venaient d'acquérir, et dont ils avaient revu tous les plans pour qu'elle soit à leur image. Jeanne avait réussi à négocier la présence d'un miroir, caché derrière une porte de son armoire de chambre. Elle avait fini par se résigner à cette étrange phobie, avec plus d'ironie que d'inquiétude. Quand elle avait demandé des explications, Émile avait botté en touche comme il savait si bien le faire, arguant qu'il existait sur cette planète des ambulophobes, des personnes apeurées à l'idée de marcher, ou encore des capillophobes, souffrant de la peur des cheveux. Alors, avec ses miroirs, il s'en sortait plutôt pas mal. Lorsque Jeanne avait tenté d'approfondir, elle avait senti qu'elle touchait à un point sensible, et n'avait jamais plus abordé le sujet. Cependant, elle ignorait qu'il ne s'agissait là que d'une infime partie du gigantesque iceberg immergé, vers lequel ils se rapprochaient irrémédiablement.

Émile venait d'avoir quarante-neuf ans, Jeanne en avait trente-neuf. Un jour, alors qu'ils étaient en train de regarder la télévision, alors que rien ne le laissait présager, alors qu'Émile n'envisageait plus cette éventualité depuis longtemps, Jeanne lui dit :

— Ça te dirait d'avoir un enfant ?

La question le laissa sans voix. Déjà, il savait qu'il devrait faire un effort surhumain pour articuler ne serait-ce qu'un seul mot. Son angoisse de la mort ressurgit comme un torrent. Il aurait bientôt cinquante ans, le calcul fut vite fait : s'il avait un enfant, Émile ne vivrait peut-être pas assez pour le voir fêter ses trente ans. Les questions abondèrent : à son âge, était-il assez fort pour encaisser l'énergie que cela demandait ? Lui qui traînait tant de valises, pourrait-il supporter l'arrivée d'un bébé ? Et puis, peut-on décemment faire grandir un enfant aux côtés d'un père meurtrier ?

Émile se taisait, Jeanne faisait celle qui ne comptait pas les secondes en attendant la réponse, mais il savait le tambourin qui devait agiter sa si jolie poitrine. Elle devait guetter ses lèvres en se demandant quels seraient les premiers mots qu'il allait formuler pour répondre à cette question, et comment il allait exprimer le chaos dans lequel cela venait de le plonger.

Si Émile avait une certitude, rien qu'une seule, c'est qu'elle était la femme de sa vie. Alors pouvait-il lui refuser ça ? Peut-on refuser un enfant à la femme de sa vie ? Il n'était pas sûr d'être à la hauteur, mais l'est-on un jour ? Un seul homme pouvait-il lui affirmer droit dans les yeux qu'il avait été prêt au moment de sauter ce pas ?

Il eut soudain le tournis en considérant la question d'un point de vue différent, celui de Jeanne. Il prit conscience des atermoiements qu'elle avait dû s'imposer avant d'oser lui en parler. Cette question avait sûrement été mille fois plus difficile encore à formuler qu'à entendre. Jeanne avait trente-neuf ans, elle savait pertinemment les risques que cela comportait, elle savait dans quel éventuel combat cette question l'entraînait. Et pourtant, malgré cela, elle était arrivée à imaginer cet enfant avec lui, et elle avait le courage d'affronter sa réponse. En un temps qu'il ne réussit pas à définir, Émile était passé de la sidération à l'admiration. Ses lèvres se mirent alors à se mouvoir et il s'entendit simplement répondre :

— Oui.

PRÉSENT

Dans le train qui filait, donnant au paysage des allures de décor stroboscopique, Émile se retrouva assis face à une femme d'une quarantaine d'années aux yeux d'un vert éclatant. Elle était d'une beauté à couper le souffle, comme on n'en croise que dans les magazines. Le carré exigu dans lequel ils étaient installés fut l'occasion de plusieurs rapprochements fortuits. Leurs jambes se frôlèrent à plusieurs reprises, leurs regards se croisèrent de nombreuses fois, leurs mains se touchèrent même en déposant simultanément leurs verres sur la tablette commune. Si bien qu'ils se sourirent, amusés par cette proximité qui leur était imposée.

À une époque, Émile aurait sans conteste essayé d'engager la discussion, d'en savoir plus sur elle, il aurait essayé d'obtenir son numéro. À une époque, Émile serait instantanément tombé amoureux de cette femme, et il aurait passé le reste de la journée avec le souvenir ému de son parfum. Mais aujourd'hui c'était différent, aujourd'hui Émile était inatteignable.

Quelque part sur cette planète, il y avait des centaines de femmes réunies en une qui reléguait au rang de figurante même la plus impressionnante des beautés. À cet instant plus que jamais, Jeanne lui manquait. Penser à elle, c'était comme se glisser dans un bain chaud.

Il faisait nuit quand le train s'est arrêté. La maison des parents d'Émile ne se trouvait pas très loin de la gare, Émile décida donc d'y aller à pied en choisissant le chemin qu'il empruntait tous les jours, à l'époque, pour rentrer du lycée. Il fut saisi de découvrir que, malgré les décennies écoulées, rien n'avait changé, jusqu'aux couleurs des portails, jusqu'au parfum des arbres, comme si la ville avait échappé au temps.

Assez vite, Émile arriva dans la résidence de son enfance, où l'alignement de la longue allée de cerisiers qui menait à la maison était toujours aussi parfait. La vieille voiture de ses parents ne semblait toujours pas décidée à les quitter. Et puis le jardin toujours aussi fleuri qui entourait la maison, et puis la porte d'entrée qui changeait de couleur chaque année. Il avait une impression bizarre dans le ventre, cela faisait longtemps qu'il n'avait pas fait ça, débarquer à l'improviste dans son enfance. Arriver là, devant la sonnette, et se sentir chez soi, comme s'il était parti la veille. Émile dut faire un effort surhumain pour ne pas sombrer sous une épaisse couche de nostalgie. Quand on a eu une enfance si heureuse, le futur devient un ennemi qu'il faut affronter chaque jour.

Il a sonné, mais pas de réponse. Pourtant on pouvait apercevoir de l'extérieur que la lumière du salon était allumée. Émile fit le tour de la maison par le jardin et, assis autour d'une table éclairée aux chandelles, découvrit ses parents qui discutaient en riant. Ils ne s'aperçurent pas de sa présence, et comme un voleur qui s'introduit par effraction, il resta quelques minutes dans l'ombre, s'appropriant ces fragments de bonheur qui flottaient dans la lumière des bougies. Ils avaient soixante-dix ans passés et ils semblaient ne pas voir le monde tourner. Sa mère était toujours aussi belle et apprêtée, son père avait les rides du bonheur autour des yeux. L'été pouvait bien passer, l'hiver pouvait bien arriver, ils continueraient quoi qu'il arrive à projeter leurs éclats de rire vers les étoiles. Peu importent les voisins, on les emmerde, semblaient-ils dire, vivons tant qu'on pourra.

Sur la table, il y avait une bouteille de Suze. Émile vit son père la saisir, remplir son verre à moitié, y glisser deux glaçons et prendre un plaisir incommensurable à les faire tournoyer autour de son doigt. Parfois, se dit Émile, un simple geste dit beaucoup plus que tant de mots.

Il n'est pas sorti de l'ombre, il n'en a pas ressenti le besoin. Cette simple image de ses parents heureux avait suffi à vider son disque dur, à lui donner assez de force pour affronter le quotidien. Alors sans faire de bruit, il s'est éloigné et les a laissés tous les deux dans la lumière des flambeaux. Il repartait avec sous le bras bien plus qu'une bouffée d'air, il avait une preuve irréfutable que le bonheur existait, que le couple pouvait survivre aux assauts de l'existence. Et si personne ne le croyait, il s'en fichait pas mal, il garderait tout ça pour lui, comme un trésor enfoui.

*
* *

Quand Émile revint chez lui le lendemain après sa nuit à l'hôtel, le ciel se vêtit de son plus joli bleu. Et le soleil, malgré son cœur fondant d'un mètre par heure, était plus éclatant que jamais. Émile était de bonne humeur, comme il ne l'avait pas été depuis longtemps. Il considéra que tous ces petits signes ne pouvaient qu'être une invitation tacite à proposer un apéro à Manon et Paul. Mais il sentit aussitôt dans la réponse laconique de Paul qu'on allait bientôt le contraindre à redescendre de son nuage.

Chez Pépite, il sembla à Émile qu'on le regardait plus qu'à l'accoutumée. Le patron paraissait le fixer en essuyant les verres, la serveuse parlait à voix basse à un client, en prenant soin qu'il ne le remarque pas. Émile était conscient que la parano le grignotait, il ne pouvait plus marcher dans la rue sans se sentir suivi, il ne pouvait plus boire un verre en terrasse sans se sentir épié, il ne rentrait plus chez lui le soir sans vérifier deux fois que la porte était bien fermée.

Lorsque Paul finit par arriver, Émile eut tout de suite la confirmation que ça n'allait pas. Ses yeux étaient rougis par la tristesse, ses paupières boursouflées d'avoir trop pleuré. En regardant bien, il aperçut même sur ses joues des traînées de larmes qui n'avaient pas eu le temps de sécher, un peu comme les traces que laissent les limaces sur le sol. Quand Émile était enfant, sa mère lui avait affirmé qu'elles utilisaient cette technique pour laisser tous leurs problèmes derrière elles. Émile songea que ce n'était peut-être pas si différent pour les humains. En tout cas, ce dont il était certain, c'était que Paul arrivait avec un échantillon du mystère après lequel il courait depuis quelque temps.

— Qu'est-ce qui se passe ? s'enquit Émile d'un ton combatif, préparé à recevoir n'importe quel coup dur.

— Stroschlick... Mon psy... Il... Il...

— Il t'a congédié ? tenta de terminer Émile, voyant que Paul peinait à s'exprimer.

— Il est mort... lâcha Paul en explosant en sanglots.

Émile s'en voulut immédiatement d'avoir projeté la tristesse de Paul dans son *ego trip*, comme si tout lui était relié, comme si seuls ses malheurs existaient en ce bas monde. Ces épreuves des dernières semaines l'avaient rendu résolument égoïste, et c'était pourtant le défaut qu'Émile détestait le plus.

— C'est horrible, dit-il en posant une main fraternelle sur l'épaule de Paul.

Le psychanalyste qui le suivait depuis des années venait de mourir en emportant avec lui les milliers de confidences durement cédées de Paul. Le travail qu'ils avaient accompli était parti en fumée. Son confident le plus attentionné, le plus subjectif aussi, venait de le laisser seul. Y a-t-il pire trahison qu'un psy qui délaisse son patient après si longtemps ?

— Toutes ces années pour rien... dit-il en secouant la tête, totalement désespéré.

— Ce n'est jamais pour rien, Paul. Tu as avancé, tu as compris des choses que tu ne pourras plus enfouir. Ce n'est jamais pour rien...

— Je n'avais pas fini ma thérapie, Émile, loin de là. Et je n'aurai jamais la force de recommencer avec quelqu'un d'autre. Jamais...

Il y avait peu à répondre, Paul avait raison. Quand on perd son psy de cette manière, c'est sur la psychanalyse tout entière qu'on tire un trait. Cela prend tellement de temps de trouver le bon thérapeute, on ne fait pas deux fois ce voyage-là, surtout après autant d'années. Émile mesura la rupture terrible que venait de subir Paul, et il ne put s'abstenir de faire un parallèle avec le départ de Jeanne, cette impression qu'on l'avait amputé de la meilleure partie de lui-même. Il eut cependant la délicatesse de garder cette comparaison douteuse pour lui.

— Claire est au courant ?

— Oui... C'est elle qui m'a convaincu de venir te voir, elle ne savait plus quoi faire de moi, je pleure depuis deux jours, je n'ai pas réussi à dormir une minute.

— Mais pourquoi tu ne m'as pas appelé avant ?

— Je ne voulais pas t'emmerder avec mes histoires, t'es dans une période compliquée.

— Mais t'es con ou quoi ! T'as toujours été là quand j'étais dans la merde, il me faudrait des siècles pour arriver à la cheville de ce que tu as fait pour moi ! Alors arrête de dire des conneries et appelle-moi quand ça ne va pas, s'il te plaît, lâcha-t-il, avec ce qui ressemblait à de la colère mais n'en avait que l'apparence, tant ses mots étaient bardés d'amour.

Comme seule réponse, Paul lui fit une moue emplie de tendresse. Il n'aimait pas s'épancher, il n'aimait pas parler de lui, ça lui était un exercice trop difficile, il en perdait ses mots, en devenait inaudible. Avec les années, Émile avait appris à ne plus l'embarrasser, et il attendait le moment que Paul choisirait pour se confier. Comme ces fleurs aux floraisons nocturnes éblouissantes, c'était souvent à une heure avancée de la nuit, quand il avait bu, que Paul s'ouvrait, ses pétales laissant alors apparaître un cœur ardent et fragile.

Manon arriva, et vit la mine défaite des deux hommes.

— J'ai raté l'enterrement ? lança-t-elle, ne croyant pas si bien dire.

— Paul vient d'apprendre que Stroschlick est mort.

— Ah merde, pardon…

Manon mesura tout de suite le poids qu'ajoutait cette nouvelle dans la balance de Paul, faisant lourdement basculer l'aiguille du côté de la tristesse.

— Je suis désolée, perdre son psy, c'est pas de bol putain… ajouta-t-elle.

On s'attend toujours à ce que celui qui vous soigne soit éternel, qu'il vous survive. Aux dépens de Paul, le contraire venait de lui être cruellement démontré.

— Comment ça va, toi ? demanda Paul à Émile.

Ça y est, les pétales de Paul se repliaient déjà, il voulait qu'on s'intéresse à quelqu'un d'autre que lui, il voulait qu'on détourne le regard de son malheur.

Peut-être que les tristesses de deux amis s'annulent entre elles, pensa Émile. Il ne pouvait pas savoir que c'était tout l'inverse qui allait se produire.

FUTUR

Deux années auparavant, Émile avait vendu sa concession automobile, puis ils avaient déménagé avec Jeanne, balayant sept ans de vie en quelques jours.

Cela rappelait à Émile ces femmes qui, quand elles vivent un drame, changent de coupe de cheveux pour se donner l'illusion qu'elles font table rase du passé. Il avait toujours trouvé ça absurde, et pourtant aujourd'hui c'était son tour. Il était parti à l'étranger, dans la petite ville de Positano, en Italie, en nourrissant l'idée illusoire que sa tristesse ne le suivrait pas, comme si la dépression s'arrêtait aux frontières. Jeanne l'avait poussé à faire ce choix, elle disait que c'était la seule solution pour qu'ils ne s'enlisent pas dans la vase que cette histoire avait laissée à leurs pieds.

De la terrasse de leur nouvelle maison, où il prenait son café tous les matins, Émile tirait sur sa cigarette électronique en regardant la mer distraitement. Fixant un voilier à l'horizon, il navigua un instant par procuration. Son téléphone se mit à vibrer et le sortit de ses pensées. Le nom de Sandra apparut sur l'écran. Ce n'était pas la première fois qu'elle essayait de le joindre ces dernières semaines, et comme à chacun de ses appels, Émile hésita longuement à décrocher. Chaque fois, il s'interrogeait sur la nécessité de maintenir ce froid entre eux.

Les semaines qui venaient de s'écouler avaient doucement atténué la colère d'Émile à son égard, et même si elle n'avait pas totalement disparu, Émile se faisait peu à peu une raison : Sandra n'avait jamais caché son ambition, elle n'avait jamais déguisé non plus sa fascination pour son histoire. Dès la première lettre qu'elle lui avait adressée, celle qui avait mis le feu aux poudres avec Jeanne, il y a deux ans et demi de cela, Sandra avait joué cartes sur table en avouant que son affaire la passionnait.

Le fait que Sandra O'Neill ait pillé son histoire personnelle pour en faire un roman n'avait donc rien d'étonnant, c'était même dans la logique des choses. En faisant le point sur ses notes, en réécoutant toutes les bandes de son dictaphone, en se résumant les différents aspects de l'histoire, il était très vite apparu à Sandra que quelques lignes d'un article ne suffiraient pas pour dresser le portrait d'Émile, et assouvir son ambition. Les différents rebondissements dont la journaliste avait été le témoin malgré elle méritaient au moins un roman. Si elle n'avait pas demandé son autorisation à Émile pour se lancer dans ce projet, c'est parce qu'elle savait qu'il refuserait. Ce fut les fondations de leur discorde.

Sandra avait changé les prénoms, mais son éditeur avait habilement communiqué sur la mention « inspiré d'une histoire vraie » qui figurait en bonne place sur la couverture. Cela avait attisé l'intérêt de la presse spécialisée, le bouche-à-oreille et les lecteurs avaient pris le relais, et le roman avait très vite atteint des sommets en termes de ventes. Il n'avait pas fallu longtemps pour que les journalistes retrouvent la trace d'Émile, même dans le petit village reculé où il avait déménagé en Italie. Son histoire, alors qu'elle n'avait pas déplacé les médias à l'époque, fit la une des journaux, et tout le monde voulait le commentaire du véritable personnage de cette histoire, héros malgré lui de ce best-seller.

Soudain assailli de coups de fil, Émile s'était retrouvé une fois de plus au centre des attentions, au moment où il aspirait simplement à une quiétude que son existence lui avait toujours refusée. Ses nouveaux voisins, la boulangère, le marchand de tabac, le cordonnier, chacun dans le village de Positano connaissait désormais son histoire. Voilà que de nouveau, tout était à refaire.

Il en avait beaucoup voulu à Sandra de lui avoir interdit cette aire de repos pourtant méritée. Mais maintenant que le vent s'était calmé, maintenant que les vagues avaient laissé place à une mer d'huile, Émile comprenait que Sandra n'avait pas pensé à mal, et qu'elle s'était laissée dépasser par le succès de son livre. En lui envoyant un exemplaire quelques semaines auparavant, Sandra avait inscrit sur la première page une dédicace manuscrite qui commençait seulement à prendre racine dans l'inconscient d'Émile :

Ne t'y trompe pas, ce roman est un témoignage. De notre amitié, d'abord, mais aussi des différents aspects de cette affaire que nous avons vécus ensemble malgré nous. Il y a des histoires comme celle-ci qui vous sont tellement chevillées au cœur qu'il est impossible de les garder pour soi. Sandra

Puis, après le succès du livre et ses conséquences désastreuses sur l'anonymat d'Émile, Sandra avait laissé un message sur son répondeur. Avec une sincérité manifeste, elle s'excusait de la tournure des événements, assurait n'avoir rien souhaité de tout cela et espérait qu'Émile lui pardonnerait.

Il ne lui avait jamais répondu et s'était contenté de cacher le roman sur la dernière rangée de la bibliothèque du salon. Malgré la tentation extrême, Émile se faisait un point d'honneur à ne pas l'ouvrir. Chaque fois qu'il passait devant la bibliothèque, il devait lutter contre une force tenace qui l'attirait inexorablement vers le livre. Mais Émile connaissait l'histoire dans les moindres détails, il avait vécu chacune des lignes de ce roman, jusque dans ses derniers rebondissements tragiques, alors à quoi bon s'imposer cette souffrance certaine ? De peur de sombrer à nouveau, il se refusait à arpenter les ruelles sinueuses de son passé.

Émile s'installa sur le canapé du salon disposé face à la baie vitrée, toujours cette obsession de la lumière. Jeanne dormait encore, il régnait dans la maison un silence de plomb. Un silence annonciateur, car le téléphone d'Émile se mit de nouveau à vibrer. C'était cette fois un texto de Sandra. Il l'ouvrit :

Manifestement, tu n'as toujours pas lu mon roman, sinon tu m'aurais rappelée…

Le cœur d'Émile se mit à battre jusque dans ses tempes. Le message de Sandra, plein de sous-entendus, insinuait qu'il se cachait dans les lignes quelque chose qu'il ignorait encore. Elle l'invitait à braver l'interdit qu'il s'était fixé.

Émile tourna son regard vers la bibliothèque, derrière lui. Sur la dernière étagère, à l'endroit où l'on expose habituellement souvenirs de voyage ou trophées sportifs, trônait le roman de Sandra. Comme un pantin, il se leva, avança dans sa direction et monta sur un tabouret pour s'en saisir. Il reprit place dans le canapé et, parce qu'il se savait prêt à s'engouffrer dans les allées tortueuses qu'il s'était promis de ne plus emprunter, il regarda la mer face à lui, pour prendre un dernier bol d'air. Il finit par baisser les yeux vers le roman et souffla sur la couverture pour en chasser la poussière, comme on souffle sur un feu pour attiser les braises.

PRÉSENT

Les jours défilèrent sans qu'aucun élément nouveau émerge. La piste de ce Julian, qui avait partagé l'intimité de Louise, était une impasse. Rien ne permettait d'affirmer qu'il était lié au meurtre, rien ne permettait de l'infirmer non plus. Pire encore, il était impossible d'attester qu'il existait réellement. Ce Julian n'était-il pas tout bonnement une invention de Louise pour manipuler son entourage, exciter les jalousies ? Personne n'avait physiquement vu cet homme, ni Pablo Noguiera ni Pierre Mertince. Et Étienne Bevillon, le mari de Louise, n'en avait jamais parlé au procès du meurtre de sa femme.

La liste des contacts présents dans le téléphone de Louise avait été relevée par la police, et était notée dans le dossier d'enquête. Mais quand Émile appela l'opérateur téléphonique en lui demandant s'il était possible d'identifier à quel nom la ligne du numéro de téléphone de Julian avait été ouverte dix-neuf ans plus tôt, il y eut d'abord un silence circonspect à l'autre bout du fil, puis la demoiselle lui demanda de ne pas quitter. C'est un responsable qui reprit la communication :

— Cher monsieur, seuls les officiers de police judiciaire à qui il est confié une enquête sont habilités à effectuer ce genre de demande. Et cela passe nécessairement par l'autorisation d'un juge d'instruction, sur réquisition du procureur de la République…

La naïveté dont Émile avait fait preuve en passant ce coup de téléphone le fit presque rougir. L'opérateur ne lui laissa pas le temps de bégayer une justification, il enfonça le clou :

— En plus de ça, déclara-t-il avec un soupçon de connivence, contrairement à ce qu'on pense, même pour la police judiciaire il n'est pas si aisé de remonter à des informations si anciennes. Beaucoup de données numériques ont été effacées avec le temps, surtout qu'ici vous me parlez de remonter dix-neuf ans en arrière, ricana-t-il. Ajoutez à cela qu'à l'époque, on était en plein boom des cartes prépayées ne laissant aucune autre trace qu'un paiement dans un bureau de tabac. Je ne veux pas vous décourager, mais…

Émile ne l'écoutait déjà plus, l'esprit en dérive face à son propre amateurisme, face à la quête insignifiante dans laquelle il s'était engouffré. Malgré les réticences de ses amis, malgré cette voix intérieure qui lui avait intimé de ne pas rouvrir la porte défendue qui enfermait ses doutes, Émile s'était vautré sans réfléchir dans le fantasme de son innocence. Après des années d'abstinence, il avait cédé à la facilité en quelques secondes. Un simple mot sur sa vitrine avait suffi à réveiller ses démons les plus pernicieux. Et au lieu de les retenir, Émile leur avait déployé le tapis rouge.

Il sentit monter en lui ces spasmes dorénavant familiers, dont il connaissait tous les symptômes : ses muscles se mettaient à convulser, le paysage devenait brumeux, il lui semblait qu'on s'évertuait à essorer son cerveau. Alors, avant que cela devienne trop incontrôlable, il serra le poing, plantant ses ongles au plus profond de sa paume, et frappa de toutes ses forces dans le mur de sa chambre. Le trou qu'il fit dans le Placo était un détail face à l'immensité de son désarroi. La douleur vive que cela lui procura fit paradoxalement du bien, il s'apaisa. La pièce redevint un monstre calme, avec pour seul foyer ardent le poing rougi d'Émile.

PASSÉ

Les mois qui venaient de s'écouler avaient été sans conteste les plus compliqués de toute l'existence de Jeanne. Même s'il était dévasté, Émile ne pouvait pas en dire autant, mais pour lui les dés étaient déjà quelque peu pipés depuis un soir de l'année 1999.

Pendant de longs mois Jeanne avait eu les yeux dans le vague, elle développait des problèmes de concentration, fut même parfois sujette à des bégaiements. Il avait fallu qu'Émile soit patient, il avait fallu qu'il l'accompagne, qu'il fasse preuve de compréhension, d'abnégation même. Il avait fallu qu'il mette son désespoir à lui de côté, le temps que celui de Jeanne s'atténue.

Émile et Jeanne n'auraient jamais d'enfant. Le caractère définitif de cette affirmation était indiscutable, le bout de papier que Jeanne avait tenu entre ses mains quelques mois auparavant n'avait laissé place à aucune forme de doute. Sur ce papier, au grammage très léger, était inscrite une nouvelle d'une violence lourde : Jeanne était stérile. Du discours du médecin, ils n'avaient rien retenu d'autre que ce mot. Les chiffres, les courbes, les pourcentages, tout cela était passé à la trappe. Seul ce mot résonnait en eux comme une cymbale qu'on vient de frapper avec force, et qui continue à vibrer longtemps après le choc. Ce simple mot avait eu un pouvoir immense sur eux. Il est impressionnant de constater que sept lettres peuvent déclencher un ouragan, imposer un deuil. Le deuil de quelqu'un qu'ils n'avaient jamais connu et qu'ils ne connaîtraient jamais. Des funérailles intérieures.

C'était peut-être le seul sujet sur lequel Manon n'osa jamais ironiser. Émile venait de le découvrir à ses dépens, il est des tabous infranchissables, même pour les plus grands provocateurs.

Lors des dîners en présence de Jeanne, Paul se gardait désormais de parler de la volonté farouche qu'il avait toujours nourrie de ne pas avoir d'enfants. Il n'en avait jamais voulu, par choix, et cette conviction avait souvent créé débat parmi ses proches.

— Tu verras quand tu seras amoureux, ça changera la donne ! lui avait-on maintes fois répété.

Puis quand il avait rencontré Claire, il s'était entendu dire :

— Ça viendra, vous n'êtes pas encore prêts, mais ça viendra…

La société lui refusait le droit de ne pas souhaiter d'enfant. Sa famille, très catholique, n'avait cessé de lui renvoyer l'idée que l'amour et la procréation étaient indissociables, qu'il était anormal de ne pas vouloir d'enfants. Paul avait un jour explosé lors d'une réunion familiale, il était parti en furie, retournant la table sur laquelle ils étaient en train de dîner.

Émile et Manon connaissaient l'anecdote, et sentaient depuis que le sujet était délicat à aborder avec lui. Dès que le mot « enfant » apparaissait lors d'une discussion, Manon et Émile se jetaient un regard entendu, ne connaissant que trop bien le mécanisme que cela enclenchait chaque fois chez Paul : il démarrait au quart de tour, affirmant sans même qu'on le lui demande que les enfants ce n'était pas pour lui, jamais ! Il en devenait agressif, si bien que son discours était beaucoup moins percutant, parce que moins mesuré.

Aujourd'hui au moins, le problème était réglé, le débat était définitivement proscrit. Paul n'aurait jamais d'enfants, Émile et Jeanne non plus. On pouvait passer à un autre sujet.

PRÉSENT

— Calme-toi, s'inquiéta Paul, en voyant la main blessée d'Émile. Tu joues son jeu en te mettant dans cet état.

— Le jeu de qui ?

— De ce connard qui a une volonté farouche de te rendre fou. Je t'avais dit de ne pas remettre ton nez dans…

— De toute façon c'est trop tard, coupa Émile. Le mal est fait.

À moitié tremblant, Émile baissa soudain d'un ton, toujours cette impression que le bar entier tendait l'oreille pour écouter ce qu'il disait, ça devenait insupportable. Ce tag sur sa vitrine agissait comme un virus, il proliférait insidieusement dans sa vie, dans sa tête, faisait tout voler en éclats, jusqu'à ses incertaines certitudes.

Malgré tout, Paul avait raison. Émile n'avait rien à gagner à ce jeu-là. Il avait même tout à perdre, comme ces derniers jours venaient de le démontrer. En se lançant dans cette quête folle, il avait parié à un contre mille, négligeant avec arrogance l'implacable sentence des probabilités.

— Comment va le moral de ton côté ? demanda-t-il à Paul.

Au moment même où il posait cette question, Émile aperçut deux policiers qui s'agitaient devant la vitrine de chez Pépite. Pendant que Paul lui répondait, au premier plan, Émile s'intéressa à ce qui se jouait au second plan, comme dans un film, quand la caméra fait subitement le point sur ce qui se passe au fond.

Au premier plan, Paul décrivait son humeur, pudique. Derrière lui, à l'extérieur, les deux fonctionnaires discutaient avec le serveur. Cette scène muette n'inspira aucune confiance à Émile. Non seulement les deux protagonistes avaient indéniablement moins d'allure que dans ces films de Charlie Chaplin qu'il adorait, mais en plus, les sous-titres qu'il déchiffrait en observant les acteurs ne présageaient rien de bon. Lorsque l'un d'eux fit un geste dans sa direction, cela ne fit que confirmer son appréhension.

— Ben quoi, tu trouves pas ? l'apostropha Paul.

Émile ne l'écoutait plus. Depuis que l'un des policiers avait pointé un doigt vers eux, son mécanisme de défense avait commencé son labeur. Il allait encore falloir faire face à une situation imprévue, il faudrait encore se construire une carapace flambant neuve pour que ce nouvel événement ne l'atteigne pas trop, il faudrait encore et toujours se défendre, alors qu'il n'avait jamais demandé à se battre.

— Tu m'écoutes, oui ou non ?

Même face à l'exaspération de Paul, Émile ne réagit pas, trop obnubilé par ces points d'interrogation qui tournoyaient devant ses yeux comme des GIF : était-il encore en proie à l'une de ses crises de parano ? Ces deux policiers étaient-ils seulement réels ?

La réponse ne tarda pas à tomber. Si c'était une vue de l'esprit, alors les deux hallucinations étaient en train de marcher dans sa direction. Tout se passait au ralenti, il les vit ouvrir la porte du bar, planter leurs regards dans le sien, puis s'approcher, pas à pas, leurs talons résonnant sur le parquet tel le roulement d'un tambour, accentuant la dramaturgie de la scène. Comme dans le cauchemar qu'il ne cessait de faire depuis sa sortie de prison, cela lui parut interminable, et les deux hommes arrivaient face à lui avec cette même démarche nonchalante, ce même air dénué de sentiments, pareils aux chasseurs s'approchant de la proie qu'ils ont touchée au flanc, et qui dès lors ne peut plus leur échapper.

Paul ne remarqua leur présence que lorsqu'ils arrivèrent au niveau de la table. Immédiatement, il eut un réflexe qui toucha profondément Émile. Il s'interposa entre lui et les policiers en s'insurgeant :

— Qu'est-ce que vous lui voulez encore, merde à la fin !?

— Monsieur Paul Ducaille ? dit l'un des deux hommes en le regardant.

— Oui, répondit-il, le torse bombé, les bras érigés en rempart pour défendre son ami.

Tout le monde s'était tu et regardait la scène. À cet instant précis, si le tenancier du bar avait vendu du popcorn, il aurait fait fortune. Le policier prononça alors quelque chose d'irrationnel :

— C'est vous que nous venons chercher, annonça-t-il en invitant Paul à le suivre.

La sidération dans les yeux de Paul n'eut d'égale que celle qui tétanisa Émile.

— Lâchez-moi, je... Je n'ai rien fait ! protesta Paul en se débattant.

Émile regarda les trois hommes s'éloigner sans ébaucher le moindre mouvement. Il était une statue de marbre au milieu d'un cataclysme.

*

* *

C'est Claire, la femme de Paul, qui appela Émile quelques heures plus tard pour lui expliquer la situation, après le coup de téléphone qu'elle venait de recevoir d'un inspecteur de la police criminelle. Le policier avait signifié à Claire la garde à vue de son mari pour le meurtre du Docteur Stroschlick, le psychanalyste dont Paul avait tant pleuré la disparition. Claire fit preuve d'une telle maîtrise de ses sentiments, lorsqu'elle expliqua les faits à Émile, qu'il dut se forcer pour que sa voix ne trahisse pas la fébrilité dans laquelle ses quelques mots venaient de le plonger.

— Ils accusent Paul de l'avoir empoisonné lors d'une de ses séances de psychanalyse, ce qui aurait provoqué un arrêt cardiaque. Une autopsie est en cours, la police l'interroge en attendant que les résultats tombent.

Émile resta sans voix, et alors qu'il pensait avoir eu son lot pour la journée, les derniers mots que prononça Claire achevèrent le travail de fond que ces informations étaient en train d'opérer sur sa santé mentale :

— Tout ça doit avoir un lien avec ton histoire.

— Mon histoire ?! Comment ça... ? s'étrangla Émile. Quel rapport entre la mort de son psy et celle de Louise ?

— Tu ne vois pas qu'on essaie de lui faire porter le chapeau d'un crime qu'il n'a pas commis ? Dix-neuf ans après toi, et comme par hasard exactement quand tu es en train de remuer tout ça...

— Je... Je ne vois pas ce qui... Enfin je ne vois pas pourquoi il y aurait... balbutia Émile sans réussir à terminer sa phrase.

— Quelque chose ne tourne pas rond. Restons soudés et attendons d'en savoir plus, dit-elle avec une détermination qui forçait le respect.

Quand il raccrocha, il fondit en larmes, poussa des cris, des hurlements même. Il but beaucoup, shoota dans une table, rouvrit la plaie qu'il avait sur le poing en boxant tout ce qu'il trouva sur son passage, tacha le tapis de son sang. Un homme malheureux est capable d'engendrer bien plus de dégâts matériels qu'un homme en colère.

Émile était un océan vidé de ses ressources, un squelette dénué de muscles, de nerfs, de cerveau et de cœur. Il fut inapte à une quelconque réflexion rationnelle, incapable de répondre aux nombreux appels de Manon, impuissant face au monde tout entier.

Depuis combien d'heures végétait-il dans cet état second ? Depuis combien de temps la Terre tournait-elle sans lui ? Il n'en avait aucune idée. On ne regarde pas sa montre quand on a les pieds au bord du gouffre. Dans cet état d'ivresse, les seules choses dont Émile était certain c'est qu'il faisait nuit dehors, qu'ils étaient deux dans le reflet du miroir de Jeanne – il n'osait l'affronter que lorsqu'il était saoul – et que la planète tout entière vacillait autour de lui, comme si son corps suivait soudain la cadence de la rotation qu'opérait la Terre autour du Soleil.

Il en avait conscience, seul un miracle pourrait le sortir de ce chaos où il s'enlisait. Son corps semblait ne faire qu'un avec le canapé. Même quand la sonnette retentit à plusieurs reprises pendant la journée, Émile n'entreprit pas la moindre esquisse de mouvement.

Son existence aurait pu se terminer ainsi, le corps échoué sur le velours beige d'un canapé comme sur le sable d'une plage, après avoir dérivé pendant de longues semaines sur une mer trop agitée, étourdi par la tristesse, las de voir ses jours perdre sens à mesure qu'ils défilaient. Mais c'est au moment où Émile s'abandonnait doucement aux mouvements des vagues que le miracle eut lieu. Un cargo à l'horizon. Un phare dans la nuit. Un bruit de clef dans la serrure. Dans une brume épaisse, une femme sublime vint lui caresser le front. Le ton de sa voix dégageait une chaleur rassurante, presque maternelle, qui arracha Émile à son errance.

— Je suis là, tout va bien, je suis là, martelait-elle comme une prière, en épongeant avec une extrême délicatesse les plaies sur la main d'Émile.

Sans qu'il puisse définir comment, Émile se retrouva dans son lit avec un gant frais sur le front, un bandage autour du poing, et toujours la voix de cette femme qui l'enveloppait.

— Si c'est ça la mort, je la préfère à la vie, s'entendit-il dire.

Elle ne lui répondit pas, mais il lui sembla sentir quelques larmes tomber sur son torse. Et si Émile devait ne retenir qu'une certitude dans ce brouillard, rien qu'une seule, c'est qu'il ne s'agissait pas des siennes.

Quand il se réveilla le lendemain à l'aube, il ne restait aucun vestige du passage de cette chimère le soir précédent. Pourtant Émile se trouvait bien dans son lit, avec un bandage autour de la main, et cela faisait longtemps qu'il ne croyait plus aux forces occultes.

Il s'étira et se leva avec précaution. Depuis que Paul lui avait dit que la probabilité de mourir en tombant de son lit était de une chance sur deux millions, Émile se méfiait chaque fois qu'il posait un pied au sol en sortant de ses draps. À chaque lever, il ne pouvait éviter de penser que la probabilité augmentait, resserrant un peu plus son étreinte. C'était le genre d'infos qui pouvait poursuivre Émile jusqu'à la fin de son existence.

Quand il descendit l'escalier, une femme l'attendait dans la cuisine, et le fixait en tirant sur sa cigarette.

— Excuse-m...

— C'est moi qui m'excuse, dit Jeanne en le coupant net. Si j'avais eu ton passé, j'aurais fait comme toi, je n'aurais pas dit la vérité, parce qu'il est des vérités impossibles à dire, je le comprends maintenant. On s'est retrouvés dans un piège que le destin nous a tendu, et qu'on ne pouvait pas éviter. Mais je t'aime, Émile, et je serai à tes côtés quoi qu'il arrive. Mon silence a été cruel, j'en ai conscience, mais il fallait que je prenne assez d'élan avant de sauter. Aujourd'hui je suis prête, quel que soit l'avenir qui nous est réservé, je suis prête à sauter avec toi.

Émile en eut le souffle coupé. Jeanne venait de lui délivrer la plus risquée des déclarations d'amour. Chacun sait qu'on ne déclare pas sa flamme à un tueur sans l'assurance de quelques désagréments futurs, et pourtant Jeanne semblait s'en moquer, elle venait de faire le pari hasardeux des sentiments.

Si Émile n'en avait jamais douté, il en avait à présent la conviction : Jeanne était une femme à part. Un miracle isolé. Une force occulte.

PASSÉ

Il est étonnant de percevoir à quel point l'absence d'un enfant, même quand celui-ci n'a jamais existé, peut laisser un vide étourdissant. Chaque jour, Jeanne et Émile pouvaient sentir sa présence. À l'évocation d'un projet, au visionnage d'une séquence de film, et même au détour d'un geste, cet enfant qui n'avait jamais existé était destructeur. Jeanne ne pouvait s'abstenir de fixer chaque berceau qui croisait son chemin, elle scrutait chaque bébé, elle enviait chaque mère. À ses côtés, Émile se sentait terriblement impuissant. On avait confisqué les pouvoirs de l'héroïne de son Marvel, et personne n'y pourrait rien. Elle devrait tenter de survivre sans cette faculté suprême de donner la vie, point à la ligne.

Alors, comme une junkie en manque de sa dose, Jeanne s'est raccrochée inconsciemment à tout ce qui pouvait renvoyer un semblant de lien maternel. Sous son impulsion, ils adoptèrent un vieux chat menacé par une euthanasie prochaine. Un chat à la démarche boitillante, et au poil roux, qui donna de l'allure à chaque minute d'ennui, à chaque élan de tristesse. Ils recueillirent même une jeune tourterelle tombée du nid, que Jeanne dut nourrir au bec plusieurs fois par jour pour qu'elle survive. Elle passa des heures à vouloir lui apprendre à voler. Et sans qu'il s'en rende compte, ce spectacle accrochait chaque fois un sourire béat sur les lèvres d'Émile. Cette image, même dans le contexte délicat de ce qu'il venait d'apprendre quelques semaines auparavant, ressemblait à s'y méprendre au bonheur.

Une femme que vous aimez qui court dans votre salon avec un oisillon battant des ailes au bout de ses ongles, sous l'œil bienveillant d'un vieux chat roux sauvé de l'euthanasie, ça a quand même une sacrée gueule pour un dimanche après-midi, pensa Émile en la regardant s'agiter.

Malgré tout, la nouvelle de la stérilité de Jeanne avait suffi à créer une faille dans la matrice, prémices d'un dysfonctionnement plus important de leur couple. Il y eut différents symptômes qui ne trompaient pas. D'abord, le temps passa plus vite. Toujours cette foutue horloge émotive qui faisait des siennes. Mais un deuxième signe prouvait la déroute : Émile et Jeanne faisaient moins l'amour. Et cela contrariait terriblement Émile. Le déraillement s'opérait jusque dans leur chair, comme si le fait d'ôter son but primal à l'acte sexuel avait atténué toute la jouissance qui en résultait.

Émile avait entendu à la radio que la nouvelle génération de jeunes adultes, tellement obnubilée par les écrans et les sollicitations permanentes que leur imposaient les notifications de leurs téléphones, avait relégué le sexe en dixième position dans l'ordre d'importance au sein du couple. Après le partage des mêmes goûts pour les séries, qui figurait en neuvième position, ou encore le style vestimentaire, qui se plaçait en quatrième. Émile n'appartenait définitivement pas à cette génération, pour lui le couple était avant tout une histoire de toucher, d'ouïe, d'odorat. Une histoire de chair, quelque chose de concret, une matière palpable, rien qui puisse passer à travers l'écran d'un ordinateur.

Si leur amour persistait, plus fort que jamais, cela les délesta d'une dose de fougue, d'un soupçon d'insouciance. Il y eut un effet secondaire qui confirma les craintes d'Émile : on ne les prit plus pour un couple nouvellement formé, on ne s'étonna plus d'apprendre qu'ils étaient ensemble depuis des années déjà. Cette évidence nouvelle dans le regard des autres, si elle eût rassuré plus d'un couple, désespéra Émile. La routine gagnait du terrain et, il le savait mieux que quiconque, dans cette guerre chaque parcelle cédée à l'ennemi ne se récupère jamais. À moins d'un miracle, à moins d'un séisme. À moins d'un secret révélé qui relancerait la donne.

PRÉSENT

Jeanne était revenue. Bravant la marée de boue qui avait déferlé entre eux, elle était revenue. Émile ne cessait de la contempler du coin de l'œil, se pinçant presque pour s'assurer qu'il ne s'agissait pas d'une hallucination. Mais un signe ne trompait pas, prouvant la réalité des faits : Jeanne avait remis sa brosse à dents dans le verre d'Émile. Les brosses à dents sont le baromètre des couples, à toutes les étapes. Il avait lui-même échafaudé cette théorie. Les brosses à dents sont un indicateur. Elles agissent comme un révélateur, pareil à celui des chimistes qui, en transformant une solution rouge en solution bleue, atteste de la présence de glucose ou de soude. Sauf qu'ici, il s'agissait d'amour, d'engagement ou de perte de désir. Deux jeunes amoureux, qui se fréquentent depuis peu, ne prévoient pas de prendre une brosse à dents dans leur sac : les fins de soirée sont incertaines, elles ne se concluront pas forcément par une nuit chez l'un ou l'autre. Se déplacer avec sa brosse à dents serait alors une affirmation tacite et peu discrète de leurs désirs secrets. Il vaut alors mieux prendre le risque de ne pas se laver les dents plutôt que de flirter avec l'indélicatesse. Les jours et les semaines passant, les nuits chez l'un et chez l'autre devenant plus naturelles et établies, on commence à se déplacer avec sa brosse à dents, la cachant les premiers temps dans le fond de son sac. Très vite, on la montre de façon plus assumée, jusqu'au jour où on la plante dans le verre à côté de celle de l'autre, comme on plante un drapeau sur une terre nouvelle pour marquer sa conquête.

Mais après quelques années, le vent peut tourner, donnant au drapeau une allure nouvelle. Le conjoint se met à regarder cette brosse à dents en se rendant compte qu'il sait précisément quels seront les gestes opérés par l'autre. Il sait s'il va l'humidifier sous le jet d'eau, s'il préfère quand ça mousse. Il sait précisément quelle quantité de dentifrice il va mettre, combien de temps il va se brosser les dents, il peut l'affirmer à la seconde près. Chaque matin, il étudie le spectacle avec un certain dépit, se muant de plus en plus souvent en dégoût. Quand c'est le cas, il est déjà trop tard, cela signifie que la brosse à dents a déjà fait réapparaître la couleur initiale de la solution chimique, réduisant à néant les indicateurs amoureux. Les chimistes pourraient dès lors affirmer sans ciller qu'il n'y a plus de sentiments, plus de désir, plus rien qui justifie l'utilisation du mot « couple ». En dernier recours, l'amoureux déçu attend généralement le lendemain, se jurant que si les gestes sont précisément les mêmes, si la chorégraphie ne change pas, si la rythmique est identique, alors il s'en ira.

— Il faut que tu penses à autre chose, le sermonna Jeanne.

En entendant la voix de sa femme, Émile eut l'impression de sortir de dix heures de plongée sous-marine, tant il s'était égaré loin dans les circonvolutions de ses pensées. Il considéra cependant qu'il était inutile d'expliquer à Jeanne qu'il n'était pas en train de penser à Paul, mais à la théorie implacable de la brosse à dents.

— Je n'arrive pas à comprendre, répondit-il. Claire a sûrement raison, quelqu'un essaie encore de m'atteindre en s'attaquant à mon entourage.

— Attends la fin de sa garde à vue avant de te torturer.

Sans le savoir, Jeanne venait de réamorcer le cerveau d'Émile, en le relançant maladroitement sur le sujet elle avait fait vrombir le moteur du bolide logé dans sa boîte crânienne, qu'une simple étincelle suffisait à relancer.

Émile prit des airs plus détendus dans le seul but de donner à Jeanne l'illusion qu'il abandonnait sa réflexion, mais il laissa le bolide ronronner en secret : se pouvait il que Paul ait tué son psy ? En admettant cette invraisemblable option, pour quelle raison l'aurait-il fait ?

L'inverse, la non-culpabilité de Paul, n'était pas moins déstabilisant : s'il n'était pas responsable de la mort du médecin, pourquoi les policiers s'intéressaient-ils à lui ?

Claire avait raison, quelqu'un tentait à nouveau de l'atteindre. Mais qui ? Était-ce le messager de la vitrine qui essayait d'altérer encore un peu plus sa santé mentale ?

Jeanne sourit à Émile, et cela eut un effet aussi inattendu que miraculeux sur lui : le temps de quelques secondes, il arrêta de penser.

*

* *

Quelques heures de supplice plus tard, le téléphone d'Émile vibra. C'était Claire, et ce qu'elle lui annonça fut comme un bain à remous suivi d'un massage aux huiles essentielles. Paul avait été innocenté par la police, il venait de l'appeler du commissariat pour la prévenir. Il avait encore quelques paperasses administratives à régler, et il serait libre.

— Les résultats de l'autopsie du Docteur Stroschlick viennent de tomber, il n'y a aucune substance suspecte dans son sang. Absolument aucune. La mort par crise cardiaque a donc été confirmée une deuxième fois par le médecin légiste. En plus de ça, Paul a un alibi en béton pour le jour de sa mort. Le message anonyme que la police a reçu semble les avoir menés sciemment sur cette fausse piste…

Les quelques tonnes de stress qui venaient de s'envoler furent immédiatement remplacées par l'équivalent en mystère. Mais quitte à choisir, Émile préférait ça. Le mystère, il avait appris à vivre avec, il était son allié, presque son intime.

— Ça te dit de m'accompagner pour aller le chercher à la sortie du commissariat ? Je pense que ça lui ferait plaisir, conclut Claire.

Émile accepta avec un enthousiasme non feint, il avait hâte de serrer son ami dans ses bras. Il avait des scrupules, malgré tout. Une part de lui s'en voulait, cette part de lui qui absorbait chaque once de culpabilité avec la même faculté qu'une éponge. Il était désormais évident que son attitude des derniers temps, le fait qu'il ait douté de son passé et relancé des recherches, avait contribué à diriger cette nouvelle attaque du messager vers Paul.

Émile lui devait des excuses, mais pour autant pourrait-il lui promettre d'arrêter de chercher des réponses ? N'était-ce pas là au contraire une preuve indéniable de plus qu'il y avait quelque chose à découvrir, qu'une vérité sommeillait sous la vase ? Cependant, si cela mettait en péril ses proches, fallait-il qu'il persévère ?

Plus que jamais, Émile constata à quel point sa vie s'était construite sur des questions. Des questions qui entraînaient d'autres questions, et cela indéfiniment. Il se rassura en concluant qu'il s'agissait là du principe de l'existence, qui elle-même se terminait par une question dont aucun vivant ne pouvait affirmer avoir la réponse.

Quand Émile proposa à Manon de se joindre à eux pour aller chercher Paul au commissariat, elle refusa pour d'obscures raisons. Elle prétexta qu'elle aurait beaucoup aimé, mais qu'elle avait quelqu'un à voir, que c'était un rendez-vous fixé de longue date, qu'elle ne pouvait pas l'annuler.

Il sentit une gêne dans sa voix. C'était presque impalpable, mais il la connaissait si bien qu'il réussit à déceler ce trouble. Manon, qu'il aurait imaginée sautant de joie à l'idée d'aller accueillir Paul à sa sortie du commissariat, avait fait preuve d'une désinvolture déroutante. Une question de plus s'ajoutait aux millions d'autres qui avaient surgi dans le cerveau d'Émile : avait-elle un lien avec cette fausse accusation ? Était-elle seulement au courant de quelque chose ? Manon, son amie, sa sœur de cœur, était-elle réellement celle qu'il imaginait ?

Pour la première fois depuis longtemps, avec une certaine clarté, comme on entrevoit la face cachée de la Lune en occultant l'autre de la main, Émile sentit que Manon lui dissimulait quelque chose.

Il s'était fréquemment interrogé sur les raisons de la présence de Louise le soir du drame. Selon la police, aucune trace d'une quelconque invitation dans son téléphone, elle avait donc été invitée verbalement. Les fêtes qu'organisait Manon brassaient tant de gens que cela n'avait rien d'étonnant. Manon avait d'ailleurs toujours ironisé en déclarant qu'il venait à ses soirées plus d'inconnus que d'amis.

— Et je ne parle pas du prorata de gens que j'apprécie par rapport aux autres, ajoutait-elle.

Cependant une image flashait dans la tête d'Émile comme sous la lumière d'un stroboscope : il revoyait Manon taper sur l'épaule de Louise ce soir de juillet 1999. Son fidèle compagnon le doute profitait de chaque interstice, de chaque petit moment, même les plus incongrus, même les plus inadaptés, pour refaire surface. Malgré les années d'entraînement, Émile ne réussissait pas à contrecarrer tous ses assauts.

Émile se rappelait précisément la première fois où cette image de Manon et Louise lui était apparue : c'était quelques années plus tôt, alors qu'il venait tout juste de faire l'acquisition de sa concession de voitures. Accoudé derrière ce qui serait son comptoir pour les années à venir, il avait observé Manon s'agiter à travers la vitrine. Sa silhouette s'évertuait à redonner une nouvelle fraîcheur à la devanture de son magasin, à coups de bombes de peinture bleue et de pinceaux. D'où Émile se trouvait, la vitrine déformait la silhouette de Manon, si bien qu'on eût dit un tableau de Chaïm Soutine. Les pensées d'Émile étaient soudain devenues plus difformes, comme si elles venaient elles aussi d'être peintes par le maître. C'est à ce moment que, pour la première fois, ce flash de Manon et Louise lors de la soirée de 1999 était apparu dans sa mémoire, soulevant des questions perturbantes : Manon ignorait-elle réellement qui était cette Louise ? Si elle avait invité cette femme, lui en aurait-elle parlé ?

Les nombreuses fois où Émile s'était replongé dans ces heures-là, il s'était toujours souvenu avec une quasi-certitude avoir été le témoin d'une interaction entre Louise et Manon. Il revoyait presque clairement la main que Manon avait posée sur l'épaule de Louise et les quelques mots qu'elles avaient échangés avec ce qui ressemblait à de la connivence. Mais comment asseoir une certitude en construisant sa réflexion sur des semblants, des quasi et des presque ? Comment affirmer quoi que ce soit, avec cette brume de dix-neuf ans d'âge qui s'était infiltrée dans ses souvenirs ?

Émile n'avait jamais pris le risque de confronter ses visions à la réalité en discutant de ses interrogations avec Manon. Les sous-entendus hasardeux que la conversation impliquerait feraient prendre un risque trop dangereux à leur amitié, et Émile n'avait jamais voulu s'aventurer sur ce terrain délicat. Mais peut-être était-il temps ? Peut-être que cela dégripperait l'un des rouages rouillés du mécanisme ? Une simple discussion fait parfois des miracles.

Émile se souvenait de ces nombreuses histoires criminelles – dont il avait entendu le détail dans son émission de radio préférée – résolues en ne faisant que réinterroger les mêmes témoins à quelques années d'intervalle. Souvent, les langues se déliaient avec le temps. De nombreux paramètres nouveaux entraient en jeu, amenant fréquemment les témoins à revoir leur déposition.

S'il ne se résignait pas à sauter le pas, Émile se rassurait en se convainquant que, quoi qu'il en soit, cela ne changeait rien. Le fait que Manon lui ait affirmé ne pas la connaître n'empêchait pas qu'elles aient échangé quelques mots. Soit elle ne se le rappelait pas, soit elle avait considéré que ce détail n'avait aucune importance. Et puis après tout, cette bribe de complicité, dont Émile croyait se souvenir, n'était sans doute qu'une politesse d'hôte. Sans doute.

PASSÉ

Émile, la mine sombre, observait Jeanne en train de siffler dans le jardin avec son sifflet à ultrasons. Elle avait dressé la tourterelle à revenir à ce bruit. Pourtant, depuis quelques heures, alors qu'elle s'évertuait à la rappeler, l'oiseau ne réapparaissait pas. L'air s'était alors empli d'une anxiété pesante, une chape de plomb sur un parterre de marguerites. Jeanne tournait dans la maison, jetant des regards incessants à l'extérieur. À chaque battement d'ailes, elle se précipitait dehors en courant, déçue de percevoir tantôt un corbeau, tantôt une pie. Leur chat, très réceptif à cette angoisse que projetait Jeanne jusque dans le moindre recoin de la maison, errait en boitant, avec un miaulement rauque et inquiétant qui achevait d'assombrir le tableau.

Un jour, alors que Jeanne avait encore une fois les yeux rivés vers la fenêtre en guettant le moindre mouvement, Émile eut une idée. Il venait de trouver un moyen imparable pour qu'elle détourne le regard et oublie quelques instants cette tourterelle. Il s'approcha d'elle, le cœur serré. Et si la simple vision de sa nuque l'avait toujours mis en émoi, cette fois c'était ses deux prunelles qu'il visait.

— Jeanne… murmura-t-il.

Elle sortit alors de ses pensées et se tourna vers lui, fixant ses deux yeux bleus au fond de ses pupilles. Jusqu'ici, le plan d'Émile se déroulait à merveille.

— Est-ce que tu veux être ma femme ? lui dit-il simplement, comme on demande l'heure à un passant.

Jeanne n'avait pu cacher sa surprise, elle s'était levée et l'avait serré dans ses bras de toutes ses forces, pendant de longues minutes. Même s'il n'y eut aucun mot, étant donné l'émotion de sa compagne, Émile considéra qu'il s'agissait d'un oui. Cependant son stratagème fut un échec cuisant, puisqu'il ne fonctionna que deux heures à peine, pendant lesquelles Jeanne décrocha effectivement son regard de la fenêtre. Mais elle ne cessa pas d'aller siffler quotidiennement dans le jardin, espérant voir la tourterelle apparaître soudain dans le ciel. En l'observant faire, Émile comprit : plus que l'oiseau, c'était le retour de sa fécondité envolée que Jeanne implorait. Comme si, d'un simple coup de sifflet, et en quelques battements d'ailes, elle pouvait lui revenir un jour.

Quand la date du mariage arriva, Émile n'eut étrangement aucune crainte que son secret soit mis au jour. Il comptait sur l'intelligence de chacun pour éviter le sujet. Et puis, Émile le savait, son secret finirait par être révélé un jour ou l'autre, la seule véritable question était de savoir quand. Alors, même si quelqu'un manquait à son devoir en dévoilant à Jeanne la vérité sur son passé, Émile se disait qu'il valait mieux que cela arrive un jour comme celui-ci, plutôt qu'un banal matin sans relief. C'était une façon de se rassurer bien sûr, car cela aurait quelque peu terni le jour de leur union, mais la méthode Coué fut efficace puisque le miracle eut lieu : rien ne filtra de son passé.

Lorsqu'Émile vit apparaître Jeanne sur le perron de la mairie, il découvrit qu'elle avait choisi de porter une robe noire. Si beaucoup saluèrent son audace, Émile était le seul à en connaître le sens profond. C'était un nouveau visage que lui montrait Jeanne en gravissant les marches pour le rejoindre, on eût dit une tragédienne antique sur le point de chanter un fado. Au premier regard, Émile tomba amoureux de cette nouvelle version de sa femme qu'il venait à peine de rencontrer.

Évidemment, il choisit Paul et Manon pour être ses témoins. Ils étaient les piliers de son temple fissuré. Sans eux, il se serait écroulé depuis longtemps et ne serait plus qu'une ruine, un vestige oublié. Sans eux, c'est bien simple, il ne serait plus lui. Étant donné qu'ils avaient été témoins de ses jours les plus tragiques, il était inconcevable qu'ils ne soient pas là pour assister, aux premières loges, à celui qui serait le plus heureux.

La tourterelle ne revint jamais, mais désormais Jeanne et Émile s'étaient promis de vivre leur amour pour le meilleur et pour le pire. Alors qu'importe, ils feraient sans elle.

PRÉSENT

Lorsqu'il eut Sandra au téléphone, elle ne put cacher une certaine excitation en entendant les derniers rebondissements :

— Mais non... Mais non ?! ne cessait-elle de répéter.

— Je vais le chercher tout à l'heure au commissariat, je pense qu'il a eu la peur de sa vie.

— Incroyable... Incroyable !

— Tu as décidé de répéter tous les mots deux fois ? dit Émile.

— Non mais là... Mais là !

Il est vrai qu'en faisant un pas de côté, la situation paraissait presque risible. Le messager de la vitrine manipulait chacun d'entre eux comme des marionnettes, tendant les fils au gré de ses humeurs afin de les faire évoluer dans la direction souhaitée. Mais Émile savait que le spectacle finirait par se retourner contre le marionnettiste un jour ou l'autre. Au moindre pas de travers, les fils finiraient par céder et les pantins auraient tout le loisir de se rebeller contre la main qui les dirigeait. Un coup d'État fait de chiffons et de ficelle.

Claire vint prendre Émile devant son magasin. En route vers le commissariat, il avait l'impression de se trouver de l'autre côté du miroir : cette fois c'est lui qui allait chercher un ami à sa sortie de l'enfer. À la différence près que l'enfer d'Émile avait duré quelque 4 744 jours de plus.

Devant le commissariat, Émile se figurait, en version miniature, les sentiments qu'avaient pu ressentir ses amis et ses parents en l'accueillant le jour de sa sortie de prison. Cette pointe au ventre en fixant la porte, attendant de voir la silhouette familière de l'être aimé se dessiner dans l'entrebâillement. Le voir se rapprocher, avec sur le visage cette indescriptible expression formant un mélange confus de soulagement et d'angoisse.

Émile avait hâte de serrer son ami dans ses bras, il avait hâte de rire de cette mauvaise passe en trinquant avec lui. Déjà, il se figurait ivre derrière le comptoir de chez Pépite, l'index planté dans son verre de Suze pour faire tournoyer les glaçons, et le sourire de Manon pour les accompagner. Mais c'était sans compter sur le caractère incoercible de la chute des dominos, c'était sous-estimer le déferlement que cela pouvait engendrer.

Pour combler le silence, parce qu'elle faisait partie de ceux que cela terrorisait, Claire oscilla entre commentaires sur les gens qui passaient, affirmation que la saison était plus douce que l'année précédente et questionnement sur le réchauffement climatique. Émile tirait sur sa cigarette électronique sans rien dire, appréciant qu'elle fasse l'effort à sa place.

Le portable d'Émile vibra. Tout en feignant d'écouter Claire, il jeta un œil à son écran, où s'annonçait un texto d'un numéro inconnu. Émile fronça les sourcils et l'ouvrit :

Ne va pas chercher Paul à sa sortie du commissariat. Trouve une excuse pour ne pas y aller. Je t'expliquerai pourquoi dans un second temps, mais si tu le fais et que tu suis précisément ce que je te dis, tu connaîtras très bientôt la vérité sur ce qu'il s'est passé en 1999.

La voiture devint soudain le chariot d'un grand huit au moment précis où il s'apprête à plonger dans sa descente la plus vertigineuse. Pendant que Claire continuait à saturer l'espace de ses paroles, Émile dut se cramponner à la portière pour cacher sa stupéfaction. La première réaction censée aurait été d'oublier ce texto, de le supprimer immédiatement sans même prendre la peine de le relire. Ne pas se précipiter surtout, ne pas tomber dans le piège de ce marionnettiste, une fois encore. Mais la fin du message tambourinait dans le crâne d'Émile :

Tu connaîtras très bientôt la vérité

Cette phrase était l'appât au bout de la canne à pêche. Émile en avait conscience, il était un poisson dans l'océan, lorgnant l'hameçon avec envie, résistant encore contre l'instinct qui le pousserait irrépressiblement vers cet asticot appétissant.

Il n'eut à faire que quelques mouvements de nageoires pour atteindre le ver gigotant. Et même si cela devait signer un arrêt de mort imminent, il mordit le crochet à pleine bouche, coûte que coûte, meure que meure.

— Eh merde ! Il y a de la flotte qui coule du plafond au magasin, le voisin vient de m'envoyer un message !

En se garant sur le parking du commissariat, Claire tourna un regard surpris vers Émile.

— Ça doit être ce putain de toit qui fuit encore, quelle plaie ! Il faut que j'y aille.

Émile en faisait un peu trop, mais ce n'était pas lui qui contrôlait, le pilotage automatique était enclenché depuis de longues secondes déjà.

— Tu embrasses Paul de ma part, je dois vous laisser en amoureux sur ce coup-là !

Émile ne laissa pas le temps à Claire de réagir, il ouvrit la portière, la claqua derrière lui et s'éloigna en courant.

Une fois au bout de la rue, il ne put réprimer l'envie de jeter un œil derrière lui. Était-il certain de son choix ? Devait-il réellement se priver du plaisir de ces retrouvailles à cause du message absurde d'un inconnu ? La porte du commissariat s'ouvrit, faisant apparaître la silhouette de Paul. Émile détourna le regard et reprit sa course folle vers l'inconnu.

FUTUR

Au-delà de la baie vitrée qui donnait sur la mer Tyrrhénienne, la nuit était tombée. Les bateaux n'étaient plus que des étoiles filantes sur un voile noir. Émile referma le roman de Sandra, qu'il venait de lire d'une traite.

Jeanne était partie se coucher quelques heures plus tôt. Elle savait la montagne qu'Émile était en train de gravir en parcourant ces mots, chaque page étant un piton de plus planté dans la roche. Elle n'avait pas voulu le déconcentrer, gageant que le moindre faux pas aurait pu le faire basculer dans le vide, et avait donc discrètement posé un baiser sur son front puis s'était retirée dans leur chambre.

Appréhendant sa réaction, elle s'était bien gardée de dire à Émile qu'elle avait déjà lu le roman, en secret, quelques jours auparavant. Elle était tombée dessus par hasard en faisant le ménage, ébahie devant ce trésor impromptu qu'Émile lui avait caché. Il y avait pour Jeanne de nombreuses zones d'ombre dans la vie de son mari sur lesquelles elle n'avait jamais réussi à faire la lumière. Il subsistait de nombreux fragments dont il n'avait jamais voulu lui parler.

Alors, prenant bien soin de ne pas altérer la poussière qui s'était accumulée sur la couverture, pour que son larcin littéraire reste invisible, elle avait profité de chacune de ses absences pour avancer dans sa lecture. À chaque chapitre dévoré, un étau se resserrait dans son ventre. Lorsqu'elle entendait revenir le scooter d'Émile dans le chemin qui longeait la maison, elle se précipitait au salon et se hissait sur un tabouret pour reposer le livre en haut de la bibliothèque. Jusqu'à sa prochaine absence, elle était contrainte de mettre le passé d'Émile en pause, attendant de lire la suite de son histoire avec un mélange assez désagréable de curiosité et d'anxiété.

Avec beaucoup d'émotion, elle avait découvert toutes les circonstances du drame de 1999. Des larmes perlant sur ses joues, elle avait vécu les semaines de procès, appris les détails de son incarcération, subi le récit de ses années de détention. Avec ce roman, Sandra lui offrait un accès direct au cœur de l'homme de sa vie, et elle en avait profité pour fouiller jusqu'à ses entrailles.

Elle était étonnée de voir à quel point il s'était livré face à cette journaliste. Elle ressentait même une forme de jalousie qu'il ait pu en dire autant à une inconnue alors qu'il était resté muet avec elle. Mais Jeanne se rassurait en gageant que, justement, cela attestait de son attachement : il n'avait pas voulu la polluer avec ces sombres années, il les avait mises en quarantaine afin qu'elles ne la contaminent pas.

À Émile, Jeanne avait dû taire la stupeur que lui avait inspirée la révélation de Sandra. Sans le savoir, depuis des jours, une des pièces du puzzle d'Émile prenait sagement la poussière sur une étagère de son salon, et sa femme n'avait pas su trouver les mots pour le lui dire. Ce soir-là, Jeanne hésitait encore sur la façon dont elle allait aborder le sujet avec lui, quand la vision d'Émile plongé dans le roman avait mis fin à ses tergiversations.

De sa chambre, Jeanne tendait l'oreille, guettant le moindre bruit qui annoncerait la fin de sa lecture. En refermant la dernière page, il découvrirait l'identité du marionnettiste qui avait tiré les ficelles pendant de longues semaines, celui qui avait inscrit ce mot sur sa vitrine. Il découvrirait pourquoi. Il découvrirait comment.

Soudain, Jeanne entendit le grincement des ressorts du canapé, le bruit de la porte du frigo qu'on ouvre, le pas d'Émile qui venait dans sa direction. C'était maintenant, c'était tout de suite. Le moment qu'elle attendait depuis des jours, depuis la seconde où elle avait terminé le livre de Sandra. Le cœur de Jeanne battait la chamade quand il appuya sur la poignée. Quel Émile allait-elle entrevoir ?

Sur son visage, elle ne put rien déchiffrer. Émile semblait vidé, fatigué. Il s'assit à ses côtés sur le lit et posa une main sur la sienne en regardant l'horizon. Sur la mer, les étoiles filantes continuaient d'évoluer au ralenti.

Alors que cette scène aurait pu rester figée pendant des jours sans que cela étonne Jeanne, Émile tourna les yeux vers elle et lui sourit. Un sourire discret, presque imperceptible, mais un sourire quand même. Le même rictus que déclenche le plaisir de s'approcher imperceptiblement de la fin d'un puzzle. Un puzzle commencé vingt-deux ans auparavant. Un puzzle monochrome, sans nuance ni relief, les plus difficiles. Ceux que l'on a le plus de satisfaction à terminer.

PRÉSENT

Émile restait reclus chez lui, comme emprisonné dans sa propre maison. Il tremblait d'angoisse. Que lui voulait ce putain de marionnettiste ? Et pourquoi avait-il été assez bête pour accepter de suivre ses instructions sans ciller ?

Il était quatorze heures trente et Jeanne rentrerait tard ce soir, elle avait prévu de sortir dîner avec une collègue de travail. Cela laissait largement le temps à Émile de dériver de nouveau, et de finir échoué sur le rivage beige de son canapé.

Il se figura qu'il y avait deux solutions : continuer sa vie comme si de rien n'était, en omettant ce tag sur sa vitrine, en effaçant de sa mémoire ce texto qu'il avait reçu quelques minutes auparavant, ou alors la version plus agitée, qui consistait à paniquer, tourner en rond, prendre une clope, attendre le prochain message posté devant son téléphone. Sentir ce poids étrange dans le ventre et ces questions délirantes. Naturellement, il avait tendance à pencher pour la deuxième solution, même si elle était assurément moins sensée. Ces dernières semaines étaient passées très vite, trop vite, et l'enchaînement des événements n'avait laissé aucun temps mort qui aurait pu lui permettre de reprendre son sang-froid.

Émile opta donc pour la première solution, continuer sa vie comme si de rien était, considérant qu'il avait eu sa dose. Sa rechute dans le doute avait été si insidieuse qu'il n'avait pas senti les sables mouvants imposer doucement leur emprise. D'abord les pieds, les jambes et la taille, puis le torse. Maintenant que le sable atteignait le cou, il était vital d'arrêter. À quoi servaient les souffrances endurées si elles n'aidaient pas à avoir au moins quelques longueurs d'avance ? Émile s'est donc assis sur le canapé et il a tapé ce message à Paul :

Désolé de n'avoir pas pu t'accueillir tout à l'heure, j'ai eu une galère de fuite au magasin ! Comment ça va ?? On se voit plus tard ?

Émile a appuyé sur « envoyer », puis il a ouvert machinalement un paquet de cigarettes, en a porté une à ses lèvres et l'a allumée. Après quelques bouffées, il s'est rendu compte qu'il s'agissait du paquet de Jeanne. Et qu'il avait arrêté de fumer près de sept ans auparavant. Il a alors écrasé la cigarette, puis en a sorti une autre, et l'a écrasée elle aussi. Ce petit manège, c'était toujours ça de pris, cela lui faisait gagner au moins cinq secondes sans penser. Il a ainsi projeté d'écraser des centaines de cigarettes pour ne penser à rien pendant quelques minutes, mais s'est ravisé, admettant que cela était somme toute assez con.

Il est allé se servir un verre, a fait quelques tours dans le salon. Il a attendu longuement dans la cuisine, sans savoir ce qu'il attendait. Il a sympathisé avec le tic-tac de la pendule. La pendule qui dit oui, qui dit non, qui dit je vous attends, comme disait l'autre. Et en effet, il ne pouvait pas faire autrement que d'attendre un nouveau message du marionnettiste, et ça l'agaçait terriblement.

Le soleil était fragile en cette fin d'après-midi, ça faisait des heures qu'Émile était assis dans ce fauteuil, à imaginer des formes dans le blanc immaculé du plafond. Aussi pouvait-il affirmer de façon certaine que le vase noir à pois blancs comportait dix-neuf pois blancs. Le coussin zébré était marqué de quarante-deux rayures blanches et de quarante-sept rayures noires – il s'était longuement questionné sur cette étrange différence. L'orchidée comptait sept fleurs et ne tarderait pas à accoucher de trois autres. Il y avait soixante-trois vinyles posés contre le pied du meuble en teck, et Émile n'était pas peu fier de pouvoir affirmer ce nombre sans ciller, vu l'effort de comptabiliser à distance ces fines pochettes. Le soubassement bleu du mur donnait à la pièce une atmosphère reposante qu'Émile n'arrivait pourtant pas à capter. Alors il décida de donner sa chance à une autre pièce. Il s'est dirigé vers la salle de bains aux trois portants de serviettes, aux cent quarante-neuf carreaux de carrelage et aux cinq cent douze motifs de fleurs sur le papier peint lessivable. Il a laissé l'eau de la douche couler longuement sur son corps las. Ce qui était pratique avec cette eau qui dégoulinait sur son visage, c'est qu'elle dissimulait les larmes jaillissant sur ses joues. C'était la première fois qu'il pleurait sous la douche, mais il avait suffisamment pleuré dans sa vie pour affirmer qu'un jet d'eau chaude sur de la tristesse, ça n'apporte pas grand-chose, c'est gadget.

Il songeait au foutu modèle de bonheur inatteignable que lui avaient imposé ses parents, à leur couple solide, à leur amour intact même après cinquante ans de mariage. Il revit la déception qui était apparue dans leurs yeux en 1999, la consternation, le désarroi. Avec sa chute, c'était tous les idéaux qu'ils avaient projetés sur lui qui s'écroulaient. En une heure à peine, toute une éducation avait été foutue en l'air. Des années de patience, d'abnégation, des années à le nourrir, à l'aider à faire ses devoirs, à l'emmener au sport, à payer ses études, des années à s'inquiéter à chacune de ses sorties nocturnes, à surveiller ses fréquentations. Des années à l'aimer, pour en arriver là. Émile les avait vus vieillir à vue d'œil à partir de cette fameuse nuit. L'incompréhension est plus nocive encore que les excès d'alcool ou de tabac. Depuis, Émile était fort et faible, il était les deux pôles d'un aimant à la fois, qui s'attirent et se repoussent, et tout cela gigotait dans une seule et même cervelle depuis des lustres, en narguant toutes les lois scientifiques.

Comme la salle de bains en avait eu pour son compte, Émile sortit de la douche et rejoignit le salon. En face de lui, dans les formes du plafond, il y avait toujours une sacrée tristesse. Il était lessivé, cette journée à ne rien faire l'avait abattu. Il s'est endormi sur le canapé du salon, histoire d'être au premier rang quand Jeanne reviendrait. Le billet n'était pas plus cher, alors il en a profité.

Il était une heure du matin quand un texto le réveilla :

Tout va bien, on refait le monde avec Audrey, mais je rentre bientôt. Je t'aime.

Émile allait se rendormir, rasséréné par les trois derniers mots du message de Jeanne, lorsqu'il découvrit que deux autres textos étaient arrivés pendant son sommeil. Une réponse de Paul, et un texto d'un numéro inconnu dont les seuls premiers mots visibles dans la fenêtre de notification étaient :

Envoie un message à...

Incontestablement, ce message était son examen de passage, sa croisée des chemins.

À gauche la tentation, à droite l'oubli.

Il pouvait lire ce message ou l'effacer.

Il pouvait jouer le jeu ou finir bon perdant.

Pour grappiller quelques secondes inutiles, et se convaincre qu'il allait suivre la ligne de conduite qu'il s'était fixée, Émile décida de lire seulement le message de Paul :

Je t'ai déjà raconté qu'en 1972, une hôtesse de l'air du nom de Vesna Vulović a survécu à une chute de 10 160 mètres à la suite d'un accident d'avion ? Eh bien si elle a survécu à ça, je devrais pouvoir survivre aussi… On trinque demain sans faute !

Émile eut un léger sourire face à ce Kinder inattendu : comment pouvait-on survivre à une chute de dix kilomètres ?

Mais son rictus disparut immédiatement au vu de l'autre texto, celui qui l'attendait toujours. Malgré la promesse qu'il s'était faite, Émile n'eut qu'à tendre le pouce pour ouvrir le message.

FUTUR

Émile était attablé dans un bar face à une Suze. Dès le lendemain de la lecture du livre de Sandra, une fois la sidération évaporée, il avait décroché son téléphone pour fixer ce rendez-vous avec le marionnettiste, réservé ses billets en ligne et sauté dans le premier avion de Naples vers Paris. Maintenant, il scrutait chaque personne qui passait, guettant celle qu'il attendait. Comme toujours, il s'était installé face à la vitrine, face à la lumière, face à cet extérieur dont il avait été privé pendant des années.

Son rendez-vous avait du retard, comme si quelqu'un prenait plaisir à faire durer le suspense. Son expérience lui avait appris beaucoup de choses, mais pas la patience. Le pied gigotant sous la table, et l'index qui accélérait la rotation des glaçons dans son verre en étaient des preuves accablantes. Mais tout ce petit manège s'arrêta net quand Émile aperçut le marionnettiste au loin, son faciès lui apparaissant plus nettement à chaque pas qui le rapprochait. Quels seraient les premiers mots prononcés ? Pourrait-il réfréner l'amertume qui pétillait dans son ventre ?

Émile balaya les questions qui se bousculaient dans sa tête et se contenta de sortir la boîte du puzzle, nourrissant l'espoir que les réponses du messager lui permettraient de le terminer, une fois pour toutes, qu'il placerait la dernière pièce à l'ultime emplacement vide de cette fresque interminable, puis fixerait l'ensemble sur une plaque de liège, et l'exposerait dans un cadre au mur afin de contempler la vérité enfin pleine et entière. Il n'est pas interdit de rêver.

PRÉSENT

Émile relisait en boucle le texto du marionnettiste reçu quelques heures auparavant. Comme si chaque lecture pouvait faire ressurgir un message différent. Pourtant, ces mots étaient implacables et ne laissaient de place à aucune autre interprétation.

Il entendit le bruit de la clef dans la serrure et vit une Jeanne toute guillerette entrer dans la maison, en complète contradiction avec la pesanteur qui avait empli le salon. Un papillon posé sur un kilo de plomb.

— Tu ne dors pas encore ? lui dit-elle avec une diction qui trahissait son ivresse.

— Si si, je suis en plein rêve là.

Elle sourit, et cela balaya l'angoisse qui tiraillait les entrailles d'Émile. Mais celle-ci revint immédiatement, féroce et têtue, plus assommante encore. L'alcool aidant, Jeanne ne détecta pas la détresse de son mari.

— Je vais prendre une douche et je te rejoins au lit, dit-elle avec un petit clin d'œil suggestif.

Ces derniers temps, ils faisaient plus souvent l'amour. La routine semblait avoir courbé l'échine sous les assauts d'Émile. Cependant, il avait conscience que le départ provisoire de Jeanne, quelques semaines auparavant, avait joué en leur faveur. Il n'oubliait pas que cet éloignement éphémère qu'ils avaient dû subir avait artificiellement étouffé la routine, sans pour autant l'achever. Elle était là, elle guettait, attendant le moment opportun pour s'immiscer de nouveau dans leur couple.

Jeanne, les cheveux encore humides, vint se coucher à ses côtés dans le lit. À peine eut-il le temps de tourner le regard dans sa direction qu'elle dormait déjà. Un léger sourire de vainqueur se dessina sur le visage de la routine, il fit mine de ne pas le voir.

Émile tombait de sommeil lui aussi, ces nombreuses heures à réfléchir avaient usé les rouages de son cerveau. Malgré la fatigue, il parcourut une dernière fois le message du marionnettiste :

Envoie un message à Paul, dis-lui que tu veux le voir. Quand tu seras face à lui, prononce ces mots : ...

Émile ne put terminer, il s'assoupit. D'un sommeil qui ensevelit tout. Du marionnettiste à la routine, du doute à l'espoir, de la vie à la mort. Tout, sans autre forme de procès.

Quand il se réveilla, les yeux encore ensablés, Jeanne était déjà levée. Elle l'attendait dans la cuisine, une tisane détox fumante au bout des ongles. Cette scène lui remémora le jour où elle avait découvert la vérité sur son passé, la lettre de Sandra O'Neill qui avait relancé la machine infernale. Il lui sembla que cela faisait des décennies, comme si les semaines qui venaient de s'écouler avaient compté au centuple.

— Tu crois que c'est efficace ces machins ? dit Jeanne en lisant les petites lignes au dos du paquet de tisane « lendemains difficiles ».

— C'était sympa au moins ?

— Oui, Audrey était en grosse forme, on s'est bien marrées !

En la regardant, Émile s'interrogea : devait-il lui demander son avis à propos du message ? Il eut d'emblée le sentiment que non, qu'il était préférable d'agir seul. S'il devait de nouveau chuter, ce serait sans elle.

— Comment va Paul ? reprit-elle, et cela fit sursauter Émile tant il aurait juré qu'elle venait de lire dans ses pensées.

— Je ne suis pas allé le voir hier finalement, j'ai voulu les laisser se retrouver en amoureux, Claire et lui.

C'était un demi-mensonge, qui lui valut de ne ressentir qu'une demi-culpabilité.

Émile n'écoutait plus Jeanne, ses pensées étaient ailleurs, dans un espace assez lointain même. Manon serait la personne idéale pour répondre à ses questions à propos du message du marionnettiste. Mais depuis la veille, il cuvait cette étrange impression que lui avait laissée sa réaction très inhabituelle. Pourquoi n'était-elle pas venue accueillir Paul à sa sortie du commissariat ? Pourquoi ce mystère dans sa voix ? Était-elle assez habile de ses mains pour manier les ficelles d'une marionnette ?

Suite aux appels incessants d'Émile, Manon finit par accepter de le voir l'après-midi même. Il fut inquiet qu'elle le convie dans un café qu'il connaissait à peine. Pourquoi ne pas avoir visé la terrasse rassurante de chez Pépite, comme à leur habitude ?

À l'air soucieux qu'affichait Manon lorsqu'elle s'installa face à lui, il comprit que la chape de plomb dans son ventre n'était pas près de s'alléger.

— Bon je… J'ai quelque chose à te dire, entama-t-elle à peine arrivée.

— Oui… ?

Émile était prêt à tout entendre, les dernières semaines qu'il venait de vivre l'avaient préparé à recevoir toutes sortes d'informations, plus ou moins saugrenues, plus ou moins logiques, plus ou moins irréelles. Il serra donc les dents afin de masquer son effroi, et attendit le glas.

— J'ai rencontré quelqu'un, finit-elle par lâcher.

La chape de plomb se fissura soudain, Émile perdit une petite tonne en un instant. Un Weight Watchers version colosse. Voilà pourquoi il avait décelé un trouble dans sa voix quand il lui avait proposé d'accueillir Paul à sa sortie du commissariat. Elle avait sûrement prévu de voir son petit ami, il y a en amour des priorités indiscutables, surtout quand la relation est récente.

— C'est une personne géniale, pleine de qualité… J'aurais voulu faire les présentations avec Paul, mais tu as insisté au téléphone pour me voir, alors…

— Je suis désolé, vraiment, dit Émile, hochant la tête face au caractère stupide que prenait sa méprise. Et quand est-ce que tu me présentes cette personne géniale et pleine de qualités ?

— C'est imminent… fit-elle en regardant alentour.

Émile ne reconnaissait pas Manon, elle affichait un air tout timide, même sa façon de se mouvoir exprimait une inquiétude. Il s'étonna de tant de cérémonial, ce n'était pas du tout son style. Elle lui avait déjà présenté des petits amis et jamais elle n'avait agi avec autant de nervosité.

— Eh ben… Il semble compter celui-là ! dit Émile avec une moue impressionnée. C'est quoi son petit nom ?

— Camille, répondit-elle du tac au tac.

Et l'on pouvait sentir, à la simple énonciation de ces sept lettres, combien Manon espérait qu'Émile l'apprécie.

— Détends-toi, ça va bien se passer, assura-t-il en riant.

Une silhouette s'approcha alors d'un pas décidé. En tournant le regard, Émile en fut stupéfait. Camille, qui se tenait face à eux avec un sourire délicat, tendit la main, pleine d'allant :

— Camille, enchantée !

Émile, cachant comme il pouvait sa surprise, jeta un regard abasourdi à Manon qui rougit à vue d'œil. Voyant le trouble qui les traversait, Camille fronça les sourcils :

— Ne me dis pas que…

Elle se tourna alors vers Émile.

— Elle ne t'a pas prévenu que j'étais une femme ?

— Non. Rien ! Je ne savais même pas du tout que… Enfin qu'elle était…

Camille, ne pouvant réprimer un rire malgré la stupeur, se tourna vers Manon avec des yeux accusateurs mais pleins d'amour.

— Désolée, je n'ai pas… Enfin c'est-à-dire que… bégaya Manon.

Camille fut prise d'un fou rire. Un fou rire qui ne tarda pas à gagner les deux bègues éphémères face à elle.

— Mais ça va pas, Manon ! dit Camille, les larmes aux yeux tant elle riait. On ne fait pas des choses comme ça, c'est hyper gênant !

Au lieu de créer un embarras, l'effet d'annonce qu'avait imposé Manon à son ami de toujours pour faire son coming-out produisit une connivence immédiate entre les convives. Au fur et à mesure de la discussion à bâtons rompus qui s'installa, Manon se détendit. L'évidence qu'elle lisait dorénavant dans le regard d'Émile en la voyant aux bras d'une femme instilla dans son corps tout entier une forme d'accomplissement ultime. Comme si, pour la première fois de sa vie, elle se sentait à sa place.

— Au fait, tu voulais me voir pour quoi ? dit-elle un peu plus tard.

Conscient qu'il ne pouvait décemment exposer ses questions existentielles dans ce contexte, Émile botta en touche et profita de la première occasion pour partir. Indéniablement, le destin le poussait à prendre cette décision seul. Alors très bien, c'est ce qu'il allait faire. Il allait écouter son instinct, il allait suivre les instructions du marionnettiste. Manon le regarda s'éloigner avec appréhension, car elle savait pertinemment que le poing serré d'Émile était un sombre présage.

En voyant Paul arriver dans son rétroviseur, Émile n'était plus certain de sa décision. Il s'apprêtait à faire courir un risque inconsidéré à leur amitié, pour un espoir infime d'en savoir plus sur une nuit qui s'était déroulée dix-neuf ans plus tôt. Dans son message, le marionnettiste semblait sous-entendre que Paul en savait plus qu'il ne le disait. Peut-être détenait-il une clef sans le soupçonner lui-même ?

Les questions tourbillonnaient dans la tête d'Émile. Paul le fit sortir de ses pensées aussitôt qu'il monta dans la voiture :

— Fais-nous décoller cette carlingue vers une bière bien fraîche ! dit-il d'un air enjoué, visiblement content de voir son ami.

Sur la route du bar, Paul ne se rendit pas compte que ce n'était pas Émile qui conduisait, mais une statue lui ressemblant à s'y méprendre. Une statue totalement déconnectée du récit que Paul lui faisait de ses dernières quarante-huit heures, une statue de béton dans laquelle un cœur démuni s'évertuait à battre.

— T'es pas loquace, finit par lui lâcher Paul, une fois qu'ils furent installés à une table de chez Pépite.

Émile ne répondit pas, il régulait sa respiration en se cramponnant au parachute accroché dans son dos. Il s'apprêtait à citer les mots que le marionnettiste lui avait ordonné de dire, il s'apprêtait à sauter dans le vide.

FUTUR

Sandra s'installa face à Émile. La franchise qui émanait de son visage, et qui avait jadis rassuré Émile, lui sembla brusquement bien arrogante. Elle lui sourit, d'un sourire qui parut sincère, mais dont Émile se méfiait désormais, se jurant qu'il ne se laisserait plus empêtrer dans les fils de l'habile marionnettiste qu'elle était.

— Tu arrives à te regarder dans une glace ? attaqua-t-il d'emblée.

— Ce que je t'ai dit le jour où j'ai fait ce tag sur la vitrine de ton magasin est encore valable aujourd'hui, dit Sandra. « Cet inconnu vous veut peut-être du bien »...

— Tu as étalé mon histoire au monde entier pour me faire du bien ?

— Je ne pouvais pas prévoir que ce serait un best-seller. Et puis ce livre est un manifeste en faveur de ton innocence ! se défendit-elle.

— Pourquoi ne pas m'avoir simplement aidé sans me manipuler ? Pourquoi ne pas m'avoir dit les choses en face, à l'époque ?

— Je ne te faisais pas encore confiance. On venait de se rencontrer... Tout ce que tu me racontais lors de nos entrevues était peut-être faux, j'avais peur que ce soit toi qui me manipules. Il fallait que j'avance à visage couvert pour te donner des éléments d'enquête sans que cela nuise au dialogue qui s'était instauré entre nous.

— Comment as-tu fait pour mettre le dossier d'enquête dans ma boîte aux lettres alors que nous étions ensemble à ce moment-là ? demanda Émile, dont les questions sortaient dans le désordre, tant elles embouteillaient son cerveau depuis qu'il avait terminé la lecture du roman.

— Quand j'étais en train de faire le tag, je t'ai vu arriver, je suis donc allée me cacher en attendant que tu t'éloignes. Lorsque tu es parti, j'ai glissé le dossier dans la boîte aux lettres et j'ai donné cinquante euros à un type qui passait en voiture pour qu'il me dépose chez Pépite avant que tu n'y arrives à pied.

— Et comment tu t'es procuré le dossier d'enquête ?

— J'ai un contact aux archives du parquet, il m'a fait des photocopies.

Tout paraissait si simple, si stupide même, qu'Émile avait l'impression d'avoir perdu des jours de vie à réfléchir pour rien.

— Je t'ai donné de mon temps avec sincérité tandis que tu étais en train de te servir de moi...

— Je n'ai fait ça que pour ton bien, Émile, je te promets. La vérité n'aurait pas éclaté, autrement. Ça faisait presque deux décennies que ça n'avait pas bougé, il fallait mettre un coup de pied dans la...

— Tu n'as jamais voulu faire un article, tu as toujours eu la volonté d'écrire un roman, coupa Émile.

— Disons que j'ai toujours hésité. Mais vu les rebondissements, oui, l'idée d'un roman s'est vite imposée, répondit Sandra sans détour.

— Des rebondissements que tu forçais toi-même...

— Ils étaient bons à prendre pour la vérité.

— Tu parles, pesta Émile.

Malgré sa rancœur, il ne pouvait que concéder qu'elle disait vrai. Mais il n'aimait pas la façon dont Sandra avait diminué sa manipulation dans le roman, comment elle s'était donné le beau rôle : la journaliste au grand cœur venue sauver le meurtrier amnésique. De la soupe pour lecteurs de bas étage.

— C'est toi qui as passé le coup de fil anonyme à la police pour dénoncer Paul à tort, lors de la mort de son psy ?

— Oui, je me suis dit que cet accident cardio-vasculaire devait servir à quelque chose. Il était l'élément déclencheur idéal pour savoir ce que Paul avait à nous dire.

Émile était consterné d'avoir été à ce point ballotté par Sandra, lui qui se pensait méfiant et vif se découvrait aussi malléable qu'une vulgaire pâte à modeler.

— Tu es machiavélique...

— Je préfère le mot « douée », répondit-elle avec une mimique amusée.

Imperceptiblement, sans que ce fût le choix ni de Sandra ni d'Émile, une connivence s'installait de nouveau entre eux.

PRÉSENT

— Les flics voulaient en découdre, j'ai cru que j'allais jamais ressortir de là... dit Paul. Heureusement que j'avais un alibi en béton. Et puis je ne remercierai jamais assez la science, sans les résultats de cette analyse de sang, je pense que...

Il s'interrompit soudain, inquiet de voir Émile si muet :

— Bon qu'est-ce qui t'arrive, tu veux m'en parler ?

Émile eut un haut-le-cœur. Ce qu'il s'apprêtait à faire était absurde, il allait suivre les instructions d'un inconnu face à son meilleur ami, sans même connaître le but recherché. Mais le corps d'Émile avait déjà basculé dans le vide, rien ne pouvait plus l'arrêter. Les mots du marionnettiste se modulèrent alors sur ses lèvres :

— C'est moi qui t'ai dénoncé.

La consternation dans le regard de Paul fut immense. Les deux hommes se jaugèrent, Paul eut une moue d'incompréhension, Émile se contenta de fixer son ami d'un regard neutre, attendant de voir ce que les mots du marionnettiste déclenchaient chez lui. Contre toute attente, Paul éclata de rire.

— Mais qu'est-ce que t'es con ! fit-il en hochant la tête, un sourire jusqu'aux oreilles.

Le destin tendait une perche à Émile, il suffisait qu'il la saisisse en riant et Paul prendrait ça pour une blague. Toute cette mascarade s'arrêterait alors, comme par magie.

Cependant, trouvant que le rire de Paul avait quelque chose d'un peu feint, Émile décida de prononcer la seconde phrase soufflée par le marionnettiste :

— Je t'ai dénoncé pour que tu saches ce que ça fait d'être accusé à tort.

— Qu... Quoi... ? bégaya Paul.

Cette fois, la flèche semblait avoir atteint sa cible en son centre, l'amusement de Paul s'était évaporé d'un seul coup. Il déglutit avec difficulté, peinant à cacher sa surprise. Émile fixa son ami en silence d'un regard transperçant et, sans quitter une seconde ses prunelles, il ajouta :

— Je sais tout.

— Qu'est-ce que tu racontes, bordel ? tenta Paul en dernier recours.

Mais il avait déjà déposé les armes, et ne prêtait plus attention à ce que ses mots sonnent juste. L'expression qui traversa la figure de Paul donna immédiatement raison au marionnettiste : il détenait une clef du mystère. Comme un automate dont on vient de remonter le mécanisme, Émile répéta la formule magique :

— Je sais tout... Je sais tout.

Paul se mit à trembler, il devint pâle, de façon si spectaculaire qu'Émile eut l'impression d'assister à la mue d'un serpent. Les mots qu'il prononça ensuite allèrent au-delà de tout ce qu'Émile avait prévu d'entendre, ils étaient irréels :

— C'était un accident.

Émile fut sidéré de voir une forme de soulagement s'esquisser dans les yeux de Paul. La valse des dominos venait de recommencer, Émile les vit tomber un à un devant lui, et il lui sembla que leur chute s'accélérait, chaque petit rectangle de plastique s'inclinant avec plus de précipitation vers la fin du parcours. Il fit un effort surhumain pour ne pas laisser transparaître le bouleversement qu'entraînaient les mots de Paul. Chacune des phrases qui suivirent entrouvrit un peu plus la boîte de Pandore. La vanne avait cédé. Paul se déversa littéralement, sans prêter attention aux dégâts qu'il engendrait :

— Quand je suis arrivé dans le petit salon où vous étiez ce soir-là, Louise était allongée contre toi, totalement défoncée, son chemisier à moitié dégrafé.

Émile eut l'impression d'avoir changé de chaîne et d'arriver en plein milieu d'un film qu'il ne comprenait pas.

— Tu… Tu connaissais Louise ?

— J'étais un de ses amants de longue date…

— Julian… murmura alors Émile en relevant les yeux vers Paul, comme une évidence.

— Elle m'a nommé comme ça dans son répertoire, c'était le nom d'un de ses collègues de travail. C'était parti d'une blague, et c'est resté comme un jeu entre nous, voilà pourquoi je signais « J » dans mes lettres.

Tous les éléments commençaient à s'imbriquer avec plus de clarté. Une contradiction qui avait jusqu'alors échappé à Émile le percuta : Pablo Noguiera lui avait dit, lors de leur rencontre en prison, qu'il était routier. Or il était affiché à « Pablo imprimeur Nantes » dans le répertoire de Louise, tel qu'il figurait dans le rapport d'enquête. Elle y inscrivait donc de fausses identités afin de faire passer ses amants pour des collègues de travail auprès de son mari. Émile resta muet, de peur que la moindre parole ne fasse cesser les révélations de son ami, ou du moins ce qu'il en restait.

— Au moment où je suis entré dans la pièce, j'ai fait quelques pas vers vous et elle s'est réveillée. Je lui ai demandé ce qu'elle foutait avec toi, elle m'a tout de suite nargué en s'asseyant à califourchon sur tes genoux et en t'embrassant. Elle prenait un malin plaisir à me voir souffrir. Elle était complètement tarée, cette fille, Émile… Elle s'est mise à te lécher le visage en me regardant droit dans les yeux… J'ai essayé de la libérer de ton étreinte mais elle se cramponnait à toi.

En écoutant, Émile toucha machinalement son flanc – voilà ce qui expliquait la présence de cette éraflure sur sa hanche, la griffure qui avait signé un aveu tacite, grâce aux quelques lambeaux de sa peau sous les ongles de Louise.

— Là, elle s'est levée, et elle m'a ri au nez en me disant que j'étais un pauvre type. Je l'ai saisie par le bras pour l'entraîner hors de la pièce, mais elle m'a mordu à l'épaule. Je l'ai repoussée violemment, par réflexe, et…

Paul s'interrompit. Il semblait hypnotisé, revivant chaque détail de la scène. Il prononça les mots suivants plus doucement :

— Elle est tombée, s'est tapé la tête contre le coin d'un meuble dans sa chute. J'ai totalement paniqué, Émile. J'étais bourré, je n'étais pas en possession de mes moyens. Alors…

— Tu es parti en la laissant agoniser… dit Émile à sa place.

— Je pensais qu'elle allait s'en sortir, que ce ne serait pas si grave…

Émile comprit pourquoi Paul avait été un tel soutien pendant les années qui avaient suivi le meurtre. Voilà la raison pour laquelle il était devenu un ami si proche à cette période. La fulgurance de leur amitié était la plus grande preuve de la culpabilité de Paul, et pourtant Émile était passé à côté. Trouver un allié dans cette période si trouble lui avait fait tant de bien que l'affection de Paul avait agi comme un écran de fumée, détournant son attention, elle ne lui avait pas permis de s'interroger sur les fondements de cette relation. Paul avait toujours clamé qu'il était persuadé de l'innocence d'Émile, et pour cause, il était le seul à savoir que son ami l'était réellement.

— Tu as laissé croire à tout le monde que c'est moi qui avais fait ça.

— On se connaissait encore mal, Émile, et je pensais qu'elle allait s'en sortir avec quelques égratignures...

— J'ai passé treize années en prison, Paul ! Ça fait dix-neuf ans que je vis avec ça sur la conscience !

— Pardonne-moi, je t'en supplie, j'étais en état de choc, je n'ai pas...

— Pourquoi tu ne t'es jamais dénoncé à ma place ? Pourquoi ne pas avoir eu ce courage après coup ?

Paul hésita pendant un long moment et finit par dire, sur un ton qui ne laissait aucune place aux tergiversations :

— Parce que j'étais le père de Nicole.

La phrase de Paul eut l'effet d'un coup de pistolet au départ d'une course. L'adorable minois de la petite Nicole, souriant et joyeux, apparut à Émile. Les mêmes yeux bleus que Paul, le même nez, la même lèvre inférieure un peu ourlée. Maintenant qu'il savait, cela tombait sous le sens... Comment avait-il pu passer si longtemps à côté d'une telle ressemblance ?

— Je n'ai pas cessé de mettre la pression sur Louise, dans les lettres que je lui envoyais à l'époque, pour qu'on fasse un test de paternité, pour que je puisse reconnaître l'enfant, mais elle ne voulait rien entendre. On s'est disputés ce soir-là, mais elle s'en foutait.

Subitement, l'image jusqu'alors floue du souvenir d'Émile devint nette : c'est avec Paul que Louise se disputait quand il l'avait aperçue pour la première fois. Après cela, elle avait sciemment attrapé Émile dans ses filets pour rendre Paul jaloux, et c'est pour cette raison qu'il les avait suivis jusque dans ce petit salon, où il les avait surpris.

La voix de Paul s'emplit d'une tristesse sans fond :

— C'est pour ça que je ne me suis jamais dénoncé, Émile... La petite avait déjà perdu sa mère, elle n'aurait jamais pu se reconstruire correctement avec en plus un père illégitime et meurtrier. Pour elle, je nous ai sacrifiés...

— C'est moi que tu as sacrifié ! s'emporta Émile, la colère faisant claquer des vaisseaux dans le blanc de ses yeux.

— Tu t'es trouvé au mauvais endroit au mauvais moment... Je suis désolé...

Émile comprenait dès lors les réactions épidermiques de Paul quand on parlait d'enfants, pourquoi il ne souhaitait pas en avoir.

— Je n'ai jamais voulu revoir Nicole, c'est pour ça que je n'ai pas assisté à ton procès, Émile. Il m'était impossible de regarder la petite en face. Quand tu m'as annoncé l'autre jour qu'elle était morte, ça m'a détruit. Je me suis dit, tout ça pour ça...

Émile ne l'écoutait plus, une vérité venait de le frapper : ça y est, c'était officiel, il était innocent. *Innocent*... Dix-neuf ans qu'il courait après cette certitude, et à présent il pouvait l'affirmer sans une once de doute. Il était innocent. Émile n'en revenait pas. Il avait enduré tout ça pour rien. Il n'avait jamais levé la main sur aucune femme, il n'était pas cet homme. Il pouvait raccrocher les miroirs et sourire à son reflet.

— Ne pleure pas… supplia Paul, en s'approchant de lui pour le prendre dans ses bras.

Mais Émile fit basculer la table qui les séparait et lui sauta dessus en poussant un hurlement bestial. Le bruit des verres qui se brisèrent au sol et de la table écrasée contre la vitrine imposa un silence glaçant dans le bar. Tout le monde s'était tu et regardait, tétanisé, le spectacle de cet homme qui lâchait prise. Un homme qui en frappait un autre, au milieu d'un bar de Normandie, dans un entremêlement de larmes, d'éclats de verre et de sang.

FUTUR

— Dans ton bouquin, tu ne dis pas comment tu as découvert que Paul et Julian étaient la même personne ? demanda Émile à Sandra.

— Je suis vraiment allé voir Étienne Bevillon, le mari de Louise, mais je l'ai fait bien avant que tu me le demandes. Quand, pendant notre enquête commune, tu m'as dit d'aller lui poser des questions, je n'ai fait que te répéter ce qui s'était passé quand j'y étais allée. De toute façon, si tu avais fait le déplacement toi-même, il t'aurait dit la même chose.

— Machiavélique... répéta Émile, sidéré.

— Puis, lorsque Étienne m'a envoyé balader, ce jour-là, j'ai attendu qu'il sorte et je me suis introduite chez lui.

Voyant la grimace emplie de jugement que lui adressait Émile, Sandra se justifia :

— Je sais... Mais il fallait bien que quelqu'un fasse le sale boulot !

— Je ne te le fais pas dire...

— Au grenier, j'ai trouvé ça.

Sandra se pencha et sortit de son sac une boîte en bois qu'elle déposa devant Émile. Il l'ouvrit et y découvrit quelques vestiges du passé amoureux d'Étienne et Louise. Il y avait une pierre en forme de cœur, un bracelet, et quelques autres petites babioles rapportées de vacances qu'ils avaient dû passer ensemble. Il y avait également de nombreux tirages photos de Louise et Étienne, de leurs voyages, de leurs familles, de leur mariage. Émile ne prit pas le temps de toutes les regarder, mais son œil s'attarda naturellement sur un cliché où Louise tenait la petite Nicole dans ses bras. La mine fière qu'elle arborait lui déchira le cœur.

Mais c'est sur un petit sachet en plastique que Sandra attira son attention. Il contenait des « J » manuscrits qui semblaient avoir été découpés dans du papier.

— Étienne avait dû tomber sur les lettres enflammées de Julian, l'amant de Louise. Je ne les ai pas retrouvées, il a dû les brûler de colère, mais il semble qu'il ait conservé toutes les signatures qui les clôturaient, soit ces « J ». Je n'ai pas compris d'où ils provenaient ni ce qu'ils signifiaient, dans un premier temps, c'est pour ça que j'ai attiré ton attention en notant « Trouvez qui est J » sur le rapport d'enquête, il fallait que tu m'aides sur ce point. Quand tu as découvert que le troisième amant de Louise s'appelait Julian et que c'était lui qui lui écrivait des lettres, tout a pris un sens.

Comme Émile se taisait, Sandra continua :

— Ces « J » semblaient obséder Étienne autant que nous... Il les a gardés car ils étaient la signature du seul amant dont il avait connaissance avant la mort de Louise.

— Et pour nous, c'était celle du tueur potentiel, l'unique personne dont on connaissait la présence à cette soirée sans qu'elle figure sur la liste des invités... murmura Émile en scrutant les caractères découpés dans leur sachet. Si tu me les avais montrés à l'époque, j'aurais pu immédiatement te dire qu'il s'agissait de l'écriture de Paul, je la connais par cœur.

— Comme je n'étais pas encore sûre de pouvoir te faire confiance, j'ai opté pour une autre solution, dit Sandra. Tu te rappelles, quand j'ai rencontré Manon et Paul, je leur ai proposé un rendez-vous et leur ai demandé de me noter eux-mêmes leurs coordonnées ainsi que le jour et l'heure du rendez-vous, pour ne pas oublier.

Émile fronça les sourcils sans comprendre.

— Puisqu'on avait l'écriture de ce troisième amant, le meurtrier potentiel, je m'étais mise à chercher quelqu'un qui écrivait ses « J » de la même manière. On ne peut pas mentir en écrivant, l'écriture est le plus fiable des aveux.

— Jeudi ! s'exclama Émile en comprenant la manœuvre. Jeudi, le jour du rendez-vous que tu as demandé de noter à Manon et Paul, commence par la lettre « J » !

— Pour tout te dire, c'est Manon que je soupçonnais à cette époque-là, ajouta-t-elle. Elle était l'organisatrice de la fête, et tu m'avais dit qu'il te semblait l'avoir vue parler avec Louise. Mais c'est le « J » du jeudi de Paul qui a été le jackpot.

— À combien de personnes as-tu donné des rendez-vous un jeudi ? demanda Émile.

— Des dizaines… Toi inclus !

— Quoi ? Tu m'as fait noter un rendez-vous à moi aussi ?!

— Exactement, avoua Sandra en affichant un air faussement gêné. Comme je te l'ai dit, je ne savais pas si tu disais toute la vérité, à l'époque.

Au fur et à mesure de la discussion, Émile comprenait mieux la démarche de Sandra, ou en tout cas il se l'expliquait. Ce qui lui avait paru l'acte d'un manipulateur sans vergogne ne semblait finalement que l'œuvre d'une enquêtrice minutieuse, faisant preuve d'une méfiance légitime.

Si Émile était arrivé avec une bonne dose de rancœur et de colère, il était désormais empreint d'une certaine mansuétude. C'était sans compter sur la dernière pièce du Domino Day qui, trop décalée par rapport aux autres, n'était pas tombée et restait figée sur la ligne d'arrivée. Du bout de son index, Émile s'apprêtait à la faire chuter sans le savoir, achevant ainsi la longue liste des réactions en chaîne qu'avait déclenchées la mort de Louise.

PRÉSENT

Il était incroyable de songer qu'une minute de discussion avait suffi à balayer près de vingt années d'amitié. Une goutte d'eau empoisonnée avait contaminé l'océan tout entier.

— Ma vie n'est qu'un mensonge… répétait Émile comme une mélopée.

— Arrête avec ça, lui répondit Jeanne, il faut voir le verre à moitié plein sinon on n'avancera jamais. Tu es innocent, voilà tout ce qui compte. Le reste n'a aucune importance.

— Tu crois qu'il faut que j'aille balancer Paul aux flics ?

— Il n'y a pas de bonne réponse à cette question, Émile…

Elle avait raison, et pourtant, dans tout ce qui l'entourait, Émile cherchait des réponses. Sur le plafond des salles d'attente, dans les craquelures du bitume, dans les yeux de Jeanne.

Manon ne cessait d'appeler Émile mais il n'avait pas la force de lui répondre. De façon inconsciente, il protégeait encore son ami. Les révélations de Paul lui avaient conféré un pouvoir incommensurable, celui de changer la destinée d'un homme. En quelques mots, il pouvait briser sa vie. Il était Dieu, et cela le tétanisait.

Devait-il en parler à Manon ? D'ailleurs Paul, couvert de bleus après leur altercation chez Pépite, avait-il dit la vérité à Claire, sa femme ? Avait-il été forcé, comme Émile quelques mois auparavant avec Jeanne, de dévoiler la face cachée de son existence ? Des interrogations, toujours des interrogations. Émile se figura sur son lit de mort, toujours hanté par des nuées de questions, et cette image lui glaça le sang.

Les jours suivants, il resta cloîtré chez lui. Jeanne virevoltait, s'appliquant à donner à leur quotidien une allure de normalité. Elle relevait le courrier, dressait des tables, allumait des bougies. Un vrai travail d'orfèvre, quelqu'un qui n'aurait pas su la tristesse d'Émile n'y aurait vu que du feu.

Au bout du septième jour, Manon escalada le mur de silence qu'Émile avait érigé autour de lui et débarqua sans prévenir. Quand Émile la vit sur le pas de la porte, il comprit immédiatement qu'elle savait. Ils se regardèrent de longues secondes sans un mot, puis se tombèrent dans les bras.

— Pardonne-moi, dit Émile avec un sanglot, je n'ai pas su comment te le dire…

— Je comprends, répondit-elle, inondant de ses larmes l'épaule d'Émile.

Jeanne, qui les observait par l'entrebâillement de la porte de la cuisine, peinait à retenir les siennes. Cela faisait sept ans qu'elle était le témoin privilégié de leur trio. L'amitié d'Émile, Manon et Paul s'était polie au fil du temps. Ballottés par les remous, ils étaient devenus un bloc indissociable, prêt à affronter n'importe quel tsunami. Mais le bloc venait de céder, et la vision de ces deux cailloux esseulés, enlacés sur le pas d'une porte, pleurant leur unité perdue, pouvait plonger même le plus joyeux des êtres dans une profonde mélancolie.

Quelques minutes plus tôt, Paul avait tout raconté à Manon. Avec le même teint pâle, la même contrition retenue, il avait réitéré ses aveux. Manon n'avait pas sauté sur Paul, elle n'avait pas renversé de table, elle n'avait cassé aucun verre, mais tout en elle s'était brisé. Quand Paul eut fini son exposé macabre, elle s'était levée sans prononcer un mot, et elle était partie. Ses pas l'avaient instinctivement menée vers ce rivage rassurant, le palier de la maison d'Émile.

— Si tu ne le dénonces pas à la police, c'est moi qui vais le faire, déclara Manon.

— Ça n'aurait aucun sens de détruire sa vie si longtemps après, tu ne crois pas ?

— Il ne s'est pas posé cette question, lui, répondit-elle en serrant la mâchoire.

— Les choses sont plus compliquées qu'elles paraissent, il y avait cette petite fille et…

— J'en ai rien à foutre, s'emporta-t-elle. Il doit payer. Il nous a menti droit dans les yeux pendant tout ce temps. Merde, réveille-toi, il t'a fait payer les pots cassés en prison pendant qu'il poursuivait sa vie tranquillement ! Putain mais je rêve ou tu le défends ?

— Je ne pourrai jamais prendre la décision d'envoyer quelqu'un en prison. Pour l'avoir vécu, je...

— Alors je m'en chargerai, coupa-t-elle.

Émile ne répondit pas, il baissa seulement les yeux, mais rien ne permettait d'affirmer qu'il s'agissait d'un accord, même tacite. Il avait juste baissé les yeux comme on baisse un volet pour ne plus voir ce qui se passe derrière.

Les minutes suivantes sont très vite devenues des heures, les heures des jours, les jours des semaines. Sandra O'Neill avait terminé ses entrevues avec Émile, les aveux de Paul avaient été la cerise sur le gâteau. La journaliste s'était trouvée au bon endroit au bon moment pour faire un article sur cette affaire. En quelques semaines à peine, le meurtrier qu'elle interviewait avait été la cible d'un mystérieux marionnettiste, et puis ce meurtrier s'était révélé innocent. Bonne pioche. Cependant, Émile lui fit promettre de ne pas citer le nom de Paul, ses aveux n'étant encore qu'officieux.

Les semaines ont défilé sans qu'Émile ait de nouvelles ni de l'article ni de Sandra. Quant à Manon, malgré son apparente détermination, elle n'avait pas réussi à sauter le pas de la dénonciation. Quand ils se voyaient, elle n'en parlait pas, et Émile évitait soigneusement le sujet. D'ailleurs, c'est Paul tout entier qui avait disparu de leur vocabulaire. Si bien que c'en était devenu embarrassant : un silence accompagnait tout souvenir lui faisant référence, ou toute photo sur laquelle il posait à leurs côtés. Il leur faudrait du temps avant de pouvoir le réintégrer dans leurs discussions, c'était ainsi. Ni Manon ni Émile ne savait combien de temps ce sursis durerait, mais le destin de Paul avait été mis sur pause, comme placé sous une cloche de verre, en attendant de savoir qu'en faire.

Cependant, l'ivresse soulevait régulièrement cette bulle de verre. Nombreuses furent les fois où Émile avait tapé un texto à son attention, et longuement hésité avant de l'envoyer. Parfois même, il avait appelé en anonyme et écouté pendant de longues secondes Paul lui demander qui était au bout du fil. Le cœur battant, il tentait alors de déceler dans sa voix un indice sur son état psychologique. Était-il dévasté ? Soulagé ? Combatif ? Bien sûr, les simples mots que Paul prononçait pour savoir qui l'appelait ne suffisaient pas à une analyse fiable. Mais l'espace de quelques secondes, cela apaisait étrangement Émile, la voix de son ancien ami faisant résonner en lui ce temps béni où ils étaient encore proches.

*

* *

C'est un 9 juillet que le bourdon commença à tourner dans la tête d'Émile. Au moment où il commençait à aller mieux, alors même qu'il était enfin sur le point de réussir à apprécier son nouveau statut d'innocent, une incohérence le tourmenta : les aveux de Paul, deux fois réitérés, mentionnaient un geste maladroit qui avait déséquilibré Louise et lui avait fait heurter de la tête le coin d'un meuble. Or cela ne collait pas aux faits. Émile était mieux placé que personne pour l'affirmer, le dossier d'enquête et les photos du cadavre de Louise, encore imprimés sur sa rétine depuis qu'on les lui avait mises sous les yeux le jour de son interrogatoire, presque vingt ans plus tôt, avéraient de multiples fractures à la tête. Les experts avaient fait état de trois fractures à l'arrière du crâne, résultat d'un geste répété qui avait dû consister à cogner la tête de Louise contre un meuble. Un acharnement qui ne collait pas du tout avec la version de Paul. S'il n'avait pas percuté sur l'instant, trop sonné par le choc des révélations de Paul, Émile avait aujourd'hui repris son sang-froid, et cette incohérence manifeste ne voulait plus sortir de ses pensées. Il savait que les aveux de criminels tendaient souvent à diminuer leur part de responsabilité ou à se donner le beau rôle dans un drame. La thèse de l'accident était alors immanquablement avancée – avant d'être la plupart du temps balayée par l'enquête minutieuse de la police judiciaire.

Mais la façon avec laquelle Paul lui avait décrit les faits, cet état quasi hypnotique dans lequel il s'était plongé pour se mettre à parler, dessinait pourtant la certitude qu'il ne mentait pas. Émile rumina longtemps cette information sans savoir avec qui la partager. S'il en parlait à Jeanne, elle lui dirait qu'il fallait avancer, arrêter de ressasser. S'il en parlait à Manon, elle lui dirait que son inconscient faisait tout pour dédouaner Paul et éviter d'en faire le deuil. Considérant qu'il préférait se heurter à la deuxième option, Émile décrocha son téléphone et composa le numéro de Manon.

— Comment as-tu su ? dit-elle en un éclair.

— Comment j'ai su quoi ? s'étonna Émile, pris de court.

— Ça y est, j'ai sauté le pas, je l'ai fait.

— Tu… Tu as fait quoi ?

— Je viens de faire une déposition chez les flics au sujet des aveux de Paul.

— Tu aurais pu m'en parler ! s'emporta Émile. Je suis quand même concerné, merde !

— Mais tu l'aurais encore défendu, tu vois bien, ta première réaction est de m'engueuler au lieu de me féliciter d'avoir enfin eu le courage !

Manon avait raison, Émile avait toujours secrètement espéré que rien ne se passerait. Il s'était parfois surpris à rêver que Manon oublie jusqu'à l'existence de Paul et qu'elle n'en parle ainsi jamais à la police. Lui-même peinait à comprendre cette réaction, souffrait-il d'une forme de syndrome de Stockholm, lorsque la victime se met à défendre son bourreau ? Souvent, Émile s'était fait cette réflexion : quoi qu'il arrive, la souffrance intérieure que ressentait sans doute Paul devait être une prison en soi, la seule dont on ne peut jamais s'échapper.

— Tu sais ce qui m'a motivée ? continua Manon.

— Non…

— La prescription commence dans dix jours, Émile, ça va faire très exactement vingt ans que Louise est morte. Dans dix jours, le crime aurait été prescrit, et plus rien n'aurait pu être reproché à Paul. Dans dix jours, il aurait réussi son crime parfait.

— Putain… J'avais pas pensé à ça.

— Heureusement que ta vieille amie est là pour réfléchir à ta place !

— Et qu'est-ce qui va se passer, alors ?

— Les flics vont débarquer chez lui pour une garde à vue, la machine est lancée, Émile…

Il raccrocha sans mentionner cette incohérence qui bourdonnait dans son crâne depuis quelques jours déjà. Après tout, c'était peut-être mieux ainsi. Après tout, c'était le travail de la police de recouper les informations et de vérifier la cohérence des différentes versions. Après tout, Jeanne avait raison, il était temps qu'il avance, qu'il laisse tout ça derrière lui une bonne fois pour toutes.

Lorsque Manon rappela, le lendemain, il n'y eut ni effusion ni larme, comme si les stocks avaient été épuisés au cours des mois précédents. Elle lui annonça froidement :

— Paul est mort. Il s'est pendu dans sa cellule. Ces cons-là ne lui ont pas enlevé ses lacets. C'est la base, les lacets, même dans les pires séries B ils savent qu'il faut enlever ces putains de lacets !

Manon paraissait presque détachée, pourtant Émile savait que c'était une défense. Comme le mensonge, le déni sauve un temps, mais il finit toujours par vous revenir tel un boomerang tranchant.

Émile s'est présenté à l'enterrement de Paul. Discrètement, debout derrière la dernière rangée de chaises, il s'est fondu à la masse de gens endeuillés. Il y avait beaucoup de haine dans les yeux de Claire au moment où leurs regards se croisèrent. Paul avait-il dit la vérité à sa femme avant de mourir ? Elle semblait en tout cas le tenir pour responsable de sa mort. Indirectement, elle avait raison. Indirectement seulement, car il était évident que Paul avait lui-même scellé son destin ce soir de 1999, tout comme il avait noué lui-même les lacets autour de son cou. Il était glaçant de voir les faits sous cet angle : deux gestes intimement liés l'un à l'autre, à vingt années d'écart, l'un ayant irrémédiablement influencé l'autre.

À son retour du cimetière, Émile tremblait comme une feuille. Une feuille d'automne, sèche et rougeoyante, qui venait de se détacher de sa branche et avait heurté le sol après une chute vertigineuse. Il se souvint soudain des mots de Manon, qui avait affirmé que « mille vérités engendrent toujours moins de dégâts qu'un seul mensonge ». Il pouvait dorénavant affirmer que c'était faux, tant cette vérité-là achevait d'empirer la lente descente aux enfers entamée vingt années plus tôt. Autant de malheur en une seule vie, c'était un coup à faire mentir les statistiques.

Jeanne le prit dans ses bras, le cajolant comme un enfant.

— On va partir de cette ville, on va sortir de cette sale passe, lui susurra-t-elle à l'oreille.

Elle était aussi bouleversée que lui par toute cette tragédie, mais sentait qu'il ne fallait pas qu'elle flanche, il fallait qu'elle soit le rocher auquel Émile pourrait s'accrocher quelque temps. Si elle s'écroulait avec lui, c'est leur navire tout entier qui chavirerait, celui-là même qu'ils avaient mis des années à façonner de leurs mains. Cette fois, se promit-elle, la tempête n'aurait pas raison d'eux. Elle n'aurait plus raison d'eux.

FUTUR

— Ah, et quelque chose m'a étonné, à la lecture de ton roman, se souvint soudain Émile, dont les questions semblaient provenir d'une source intarissable : pourquoi n'avoir pas précisé que la colère de Paul envers Louise était motivée par sa certitude d'être le père de la petite Nicole ? Ça faisait trop d'empathie pour le salaud de ton histoire ? railla-t-il.

Cette question, peut-être la plus anodine de toutes celles qu'Émile avait posées, plongea Sandra dans un abysse sans fond.

— Co… Comment ça ? balbutia-t-elle.

— Eh bien oui, il était sous tension parce qu'il clamait être le père de la petite Nicole.

— Je… Je n'étais pas au courant de cette information. Tu ne me l'as jamais dit !

— Ah bon ? Mais si, bien sûr que si… hésita Émile. Enfin, je crois…

— Je t'assure, tu ne m'as parlé que de la jalousie, du fait qu'elle l'avait nargué et humilié, qu'il n'était qu'un amant de plus, mais jamais de… de…

Sandra ne termina pas sa phrase, elle semblait sidérée. Elle arborait la même expression que ceux qui découvrent leur maison après un tremblement de terre, réalisant que ce qu'ils ont mis une vie à construire est réduit à néant.

— Il va falloir que tu changes ça pour la réédition de ton roman ! ironisa Émile, ne mesurant pas la tornade intérieure qui ravageait Sandra.

Elle lui lança un regard profond, de ceux qui précèdent les grandes annonces. Elle hésita de longues secondes avant de parler. Émile pouvait voir dans ses yeux qu'elle était en train de reculer pour mieux sauter.

— Sandra est mon deuxième prénom…

Émile ne dit rien, il savait que la suite allait arriver, la première phrase de Sandra n'existant que pour donner du relief à la seconde. Dans un geste assez lent, elle retira alors ses lunettes et releva les yeux vers lui. À nu, son visage faisait apparaître des yeux beaucoup plus bleus qu'il ne le pensait. C'est là qu'Émile comprit. Avant qu'elle n'ajoute quoi que ce soit, l'évidence lui sauta au visage. Son cœur fut saisi du même séisme contagieux que celui qu'avait ressenti Sandra quelques secondes auparavant. Il scruta chaque trait de la figure de la jeune femme, cherchant en chacun d'eux la personne qu'il avait connue vingt-deux ans plus tôt.

— Mon premier prénom est Nicole, dit-elle, confirmant simplement ce qu'il venait de réaliser.

Émile pâlit, il venait de voir un mort-vivant. D'une certaine manière, c'était ce qui venait de se produire. Tout prenait un sens, voilà pourquoi elle avait tiré les ficelles avec autant de détermination et pourquoi elle avait eu accès au dossier d'enquête. Sandra n'était autre que la fille de Louise et Étienne. La charmante petite fille aux cheveux blonds bouclés qui l'avait tant marqué pendant le procès.

— Mais… Mais tu ne portes pas le même nom que tes parents… réussit à articuler Émile.

— Je suis mariée, j'ai pris le nom de mon mari.

— C'est pas possible, c'est pas possible… répétait Émile sous l'effet de la sidération.

Il mesura soudain le courage qu'il lui avait fallu pour interviewer l'homme qui avait été désigné officiellement comme le meurtrier de sa mère, car c'est bien cela dont il s'agissait au début de leurs entrevues.

— Ça fait très longtemps que j'ai coupé les ponts avec Étienne, mon père, reprit-elle. On ne s'entendait pas. Et puis, il y a eu une dispute de plus, une dispute de trop. À partir de ce jour où j'ai claqué la porte de chez nous, il m'a considérée comme morte, et je n'ai plus jamais eu de contact avec lui.

Émile comprit brusquement la vraie signification du smiley triste que Manon avait découvert sur la page Facebook d'Étienne, qu'ils avaient mal interprété. Ensuite, c'est Sandra elle-même qui lui avait colporté la fausse information de la mort de Nicole, et pour cause…

— Tout ce que je t'ai dit sur les réactions de mon père Étienne était vrai. Quand je suis allée le voir, il m'a dit que c'était trop tard, que pour lui j'étais morte il y a longtemps, et il m'a claqué la porte au nez. Ça m'a fait bizarre de le revoir, il avait beaucoup vieilli, l'air affaibli. Et puis il ne semblait plus avoir toute sa tête. J'ai attendu qu'il sorte pour m'introduire dans sa maison. Enfin... chez nous. Je voulais revoir ma chambre d'enfant, sous les toits. Mais il avait tout enlevé de mes vestiges d'enfance et transformé cette pièce en bureau, comme si je n'avais jamais existé. C'est là que j'ai trouvé la boîte en bois, et les lettres « J » qui nous ont menés à Paul.

À cet instant seulement, Émile mesura l'importance de l'information qu'il venait de transmettre à Sandra ainsi que le séisme qu'elle avait déclenché. Paul avait affirmé être le père de la petite fille, donc de celle qui se trouvait face à lui aujourd'hui. Sans le savoir, Émile avait appris à Sandra sa véritable filiation. Il revit soudain la rencontre entre Sandra et Paul, cette soirée qu'ils avaient passée tous les quatre à refaire le monde dans les lumières roses de son camion à glaces décrépit. C'était l'unique échange qu'elle avait eu avec son père biologique, sans que ni l'un ni l'autre ne connaisse ce lien qui les unissait, sans que ni eux ni personne ne voient une quelconque ressemblance.

— J'ai toujours senti que mon père, je veux dire Étienne, ne se considérait pas comme tel, ajouta Sandra. Il n'y a jamais eu de vraie tendresse entre nous. Avant la mort de ma mère, ils étaient en guerre ouverte tous les deux. Ma mère passait son temps à humilier mon père, j'étais très jeune mais je me souviens de scènes terribles où elle lui riait au nez, elle lui disait qu'il était devenu moche, gras, qu'elle préférerait encore qu'il soit mort. À cette période, mon père a tout fait pour obtenir ma garde, il était en train de monter un dossier contre elle pour prouver qu'elle n'était pas apte à s'occuper de moi. Le plus terrible, c'est qu'il n'a pas réellement fait ça par amour pour moi, c'était juste pour gagner une victoire contre elle et la faire souffrir à son tour. Gagner la guerre. J'ai pris conscience de tout ça en grandissant. Un père qui se retrouve seul avec sa fille devrait lui donner tout son amour, or ça n'a pas été le cas. J'ai eu l'impression que cette rancœur cachait quelque chose. C'est pour ça que je t'ai contacté, il y a deux ans, j'avais besoin de ton aide pour décrypter ce que cette nuit de juillet cachait. Je voulais savoir ce que ces « J » manuscrits que j'avais trouvés dans la boîte en bois de mon père signifiaient. Je pressentais qu'ils cachaient une vérité plus complexe que la version officielle.

Sandra semblait bouleversée, mais elle ne se départit pas de son sourire. De ces sourires qui cachent de grandes tristesses.

— Je réalise aujourd'hui qu'il a dû être brisé par le fait de comprendre qu'il n'était sûrement pas mon père biologique. C'est ce qui explique ces tensions permanentes entre lui et ma mère, et entre nous. Ça fait plus de vingt-deux ans que je cherche qui je suis, depuis la mort de ma mère… et je viens seulement de trouver, conclut-elle.

Émile revoyait Étienne sur les bancs du tribunal, son regard absent, ses épaules basses. Il mesurait à présent tout ce qui s'était passé dans sa tête à ce moment-là, l'humiliation d'avoir été trompé, et la funeste opportunité qui avait été offerte à cet homme de rester officiellement le père de la petite Nicole. Émile la revoyait sur ses genoux, sa vivacité sans pareille, ses sourires francs. Finalement, elle n'avait pas tant changé que ça...

Quant à Paul, il ne s'était pas dénoncé à la suite de la mort de Louise, il n'avait jamais pris contact avec Nicole, car il ne voulait pas qu'elle se découvre un nouveau père, qui plus est meurtrier. Et voilà que, sans le souhaiter, Émile venait tout bonnement de trahir sa volonté.

La brume neigeuse déclenchée par l'avalanche s'atténuait doucement, laissant place à un ciel plus dégagé. Un ciel dont il n'appartenait qu'à Émile et Sandra d'y faire figurer des nuances de bleu.

C'était l'heure de la séparation. Émile n'allait pas dire au revoir à la même femme qu'il avait accueillie une heure plus tôt. Il ne put s'empêcher de la prendre dans ses bras et, avec émotion, songea que c'était deux personnes en même temps qu'il enlaçait : la petite fille du procès et la journaliste déterminée.

— Merci pour tout ce que tu as fait pour moi... murmura Émile.

Il était impressionnant de constater combien cette soirée les avait plongés dans la même quête parallèle, dans cette même recherche profonde et intime. Ils étaient tous les deux des victimes collatérales d'une même nuit obscure, et cela sans doute expliquait la complicité qui s'était imposée entre eux dès leur rencontre, deux ans plus tôt.

Sandra jeta un dernier regard vers Émile, le même regard bienveillant qu'elle lui avait jeté enfant lors de son procès, comme une prémonition. Elle saisit la boîte en bois sur la table pour la mettre dans son sac, mais elle lui glissa des mains et s'étala sur le sol, éparpillant toutes les photos à leurs pieds, comme un pêle-mêle. En l'aidant à ramasser ces souvenirs d'un bonheur illusoire, Émile sentit la difficulté nouvelle qu'elle avait à affronter ces images. Sandra s'attarda notamment quelques secondes sur un cliché de son père, un père qui n'en était plus un. En se relevant, elle lui sourit, tentant de feindre que la Terre continuait de tourner. Puis elle le salua, et Émile la regarda s'éloigner.

Il réalisa à ce moment qu'une photo avait échappé à leur vigilance. Il se pencha pour la saisir. Il s'agissait d'un cliché un peu flou de Louise, une photo où elle était hilare. Émile ouvrit la bouche, sur le point de rappeler Sandra, mais un détail l'arrêta dans son élan. Il devint alors le mannequin de bois dans ces vidéos de crash-test où une voiture s'écrase au ralenti sur un mur, l'explosion de la vitre et la torsion de la carrosserie devenant presque poétiques. Il était cet homme de bois installé au volant, subissant la secousse au ralenti, sa tête se déposant sur l'airbag pour ne pas exploser.

Émile, chancelant, venait de comprendre que ce n'était pas juste une photo qu'il tenait dans sa main. Il tenait entre ses doigts la pièce manquante du puzzle. Cette photo, qui avait été découpée pour ne devenir qu'une image anodine de Louise en train de rire, comportait quelques détails qui lui donnaient une tout autre valeur. Émile reconnut le meuble derrière elle, et il reconnut chaque objet posé dessus. Au coin gauche de la photo, à l'endroit où le cliché avait été coupé, on pouvait deviner une main qui saisissait le bras de Louise. Sans qu'on puisse voir à qui appartenait cette main, on distinguait un bout d'épaule. Émile reconnut le motif bariolé de la chemise de Paul.

Cette photo un peu floue était un instantané de la soirée de 1999, juste avant le drame. Au moment où Louise riait au nez de Paul, et que ce dernier lui saisissait le bras pour l'entraîner hors de la pièce. Juste avant qu'elle le morde, et qu'il la repousse violemment. Un cliché volé, pris de l'extérieur du manoir de Manon, car on pouvait apercevoir l'encadrement de la fenêtre. Ce cliché prouvait qu'Étienne était présent ce soir-là. Comme il ne figurait pas sur la liste des invités, il avait dû s'introduire en secret dans les jardins du manoir pour espionner sa femme. Muni d'un appareil photo, il était venu chercher de la matière pour le dossier qu'il était en train de monter au détriment de Louise. Il était venu découvrir l'identité du mystérieux amant qui signait sous le nom de « J », cet amant qui avait écrit des lettres enflammées à Louise en réclamant la paternité de sa fille. Cet amant qui avait précisé, dans sa dernière lettre, qu'il serait présent lors de cette fête. Cela avait entraîné la venue d'Étienne, et signé sans le savoir l'arrêt de mort de Louise.

L'incohérence qui avait hanté les pensées d'Émile il y a deux ans, ces différences entre les déclarations de Paul et les faits prenaient désormais tout leur sens. Émile se figura sans difficulté ce qu'il était advenu. Avec cette pièce manquante en main, la vérité se déployait devant lui comme une évidence : Étienne avait observé toute la scène de l'extérieur, immortalisant chaque instant pour le dossier qu'il montait contre sa femme afin d'obtenir la garde de sa fille. Sa femme sur le point de coucher avec lui, Émile, puis les gorgées de Get 27 qui l'avaient propulsé dans un sommeil profond. L'arrivée de Paul dans la pièce, surprenant la scène et entrant dans une rage folle face à une Louise provocatrice.

C'est à ce moment qu'Étienne a compris que cet homme était celui qui signait sous le nom de Julian, celui qui l'obsédait tant. Une source de colère et d'humiliation intense pour lui, Émile pouvait se le figurer sans peine vu la haine que se vouait ce couple. La situation avait dégénéré et Louise s'était cognée au meuble, perdant connaissance. Paul était sorti, complètement paniqué, la laissant au sol.

Étienne, galvanisé, avait alors saisi l'occasion en or qui se présentait à lui pour abréger les souffrances quotidiennes que lui faisait subir

Louise. C'était maintenant ou jamais. Louise pouvait disparaître, emportant avec elle l'image désastreuse qu'elle lui renvoyait de lui-même. En supprimant Louise, c'était l'Étienne médiocre qu'il pouvait effacer, celui qui ne suscitait plus de désir, le petit être moche et répugnant qu'elle s'évertuait à lui décrire.

Il s'était introduit dans la pièce à travers la fenêtre entrouverte, et il avait cogné la tête de Louise à plusieurs reprises sur le coin du meuble, en proie à une fureur brutale mais réfléchie. Tant de fois il avait dû imaginer cette scène, cette violence enfin libérée, sa femme enfin silencieuse. Il avait reposé le corps inerte dans la position où Paul l'avait laissé quelques secondes plus tôt. En ressortant par la fenêtre et en disparaissant dans la nuit, avant que Paul ne revienne avec une foule hurlante, Étienne avait signé le crime parfait.

Il avait dû ensuite se débarrasser de tous les clichés pris un peu plus tôt. Tous sauf un. Conserver cette photo avait été sa seule erreur, la seule ombre au tableau qui, vingt-deux années plus tard, avait le pouvoir de rétablir la vérité. Il avait dû la conserver par faiblesse, parce qu'elle était la dernière photo d'elle vivante, l'ultime vestige de la femme qu'il avait un jour aimée. La découpant soigneusement pour ne garder que Louise, rendant le cliché anodin, il l'avait mêlée aux autres photos dans sa boîte à souvenirs, cachée au grenier, certain que personne ne l'y trouverait jamais.

Un deuxième élément avait parfait le crime : Paul, en choisissant de ne jamais revoir sa fille, avait également causé sa propre perte. S'il avait assisté au procès, il se serait rendu compte de l'incohérence entre les multiples fractures sur le crâne de Louise et la réalité des faits qu'il avait vécus. S'il avait été présent lors des audiences, il aurait compris qu'il n'était pas responsable. La chute des dominos se serait alors immédiatement arrêtée.

Sans le savoir, comme Émile, Paul avait toujours été innocent. Il n'avait pas causé la mort de Louise, il était lui aussi une victime collatérale de cette nuit d'été. Il n'était coupable que de son silence. S'il avait parlé, la petite Nicole aurait eu une chance de se construire à ses côtés, auprès d'un père innocent. Paul avait vécu avec vingt ans de culpabilité injustifiée sur les épaules. Il était mort pour rien.

Émile s'interrogea : après ce qu'il venait d'apprendre à Sandra, pouvait-il décemment lui imposer cette nouvelle épreuve ? Quoi qu'il advienne, le crime était prescrit. Même si le geste d'Étienne pouvait être encore prouvé, même s'il avouait sa culpabilité, il ne serait jamais jugé. Aux yeux de la loi, il ne serait jamais coupable. Aux yeux de la loi, il n'aurait jamais levé la main sur Louise. Quelle était donc l'utilité de remuer à nouveau la vase ?

De plus, annoncer cette nouvelle à Manon, c'était lui faire endosser la responsabilité du suicide de Paul, après sa dénonciation injustifiée à la police, deux années auparavant. Mais la phrase qu'elle lui avait tant répétée revint s'imposer à son esprit : « Mille vérités engendrent toujours moins de dégâts qu'un seul mensonge. » Aujourd'hui, ces mots lui apparaissaient sous un jour nouveau, avec plus de force que jamais. Son existence tout entière n'en était-elle pas la plus parlante des démonstrations ?

Émile posa la photo sur la table devant lui, la dernière pièce du puzzle. L'ultime pièce qui, en s'imbriquant parfaitement aux autres, donnait sa touche finale au tableau. Il releva alors les yeux vers la silhouette qui s'éloignait, et cria :

— Sandra, attends !

Remerciements

Si l'écriture d'un roman est une longue traversée solitaire, son aboutissement est le fruit de l'aide et du talent de quelques personnes que je souhaite remercier.

D'abord, mille mercis à Antoine et Philippe Geluck, « humbles facteurs » comme ils se sont joliment autoproclamés, d'avoir créé l'étincelle pour que ce roman existe. Ce sont deux hommes d'une délicatesse hors norme. Et, sans eux, le monde serait beaucoup moins drôle.

Merci à Olivier Norek pour ses encouragements vertueux, et à Marin Ledun pour ses mots qui font plus sens que jamais.

Merci également à ceux que j'appelle mon panel test, mes proches, pour leur infatigable soutien : Amélie avec qui je partage ma vie, qui m'inspire tant sans le savoir, et m'apporte son indispensable recul. Merci à elle pour sa patience sans limite et ses conseils toujours percutants. Merci à mon frère Sébastien, ainsi qu'à Sylviane et François, correcteurs exigeants et pertinents (et accessoirement parents), d'avoir porté en premier leurs regards sur mon manuscrit, et de faire face à mes inlassables doutes avec autant de bienveillance depuis tant d'années. Merci à Lola pour ses remarques judicieuses. Et, évidemment, un grand merci à l'inégalable Audrey pour son regard si aiguisé sur mon texte (et son amitié sans faille), et à l'unique Yves pour ses retours d'une justesse impressionnante.

Merci à Olivier, voisin rêvé, pour son aide, et à Laurent Chéhère qui a si joliment illustré la couverture.

Et puis, bien sûr, infiniment merci à Betty Mialet et Bernard Barrault, mes éditeurs, d'avoir cru en ce premier roman. Pour l'anecdote, ils ont édité le roman qui m'a donné envie d'écrire, et ont été à l'initiative du film qui m'a donné envie de devenir scénariste et réalisateur. Je ne crois pas en Dieu, mais je salue l'idée lumineuse qu'il a eue de me mettre sur leur route. Alors merci à lui aussi.

Enfin, merci à ceux qui ont été, à leur insu, la sublime Bande Originale de l'écriture de ce roman, en tournant en boucle dans mes oreilles :

Dancing Barefoot – Patti Smith
Ouverture – Etienne Daho
Bye bye – Antoine Chance
Famous Blue Raincoat – Leonard Cohen
Bien avant – Benjamin Biolay
Le Visage de la nuit – Tim Dup
La Solitude – Barbara
Koh Chang en Alaska – Jules Nazair
La Dernière Personne – Da Silva
Boat Song – Woodkid
Négo – Charles-Baptiste
Je brûle – Baptiste W. Hamon
Je détruis tout – Raphaël
Hier – Villevieille
Sérum – Bleu Lune
Vie Varda – Vincent Delerm

13685

Composition
FACOMPO

Achevé d'imprimer à Barcelone
par CPI Black Print
le 18 décembre 2022

Dépôt légal : décembre 2022
EAN 9782290262948
OTP L21EPLN003038-436000

ÉDITIONS J'AI LU
82, rue Saint-Lazare, 75009 Paris

Diffusion France et étranger : Flammarion